KOMM ZU MIR ZURÜCK, COWBOY

Texas Matchmakers Serie, Buch Zwölf

DEBRA
CLOPTON

Komm zu mir zurück, Cowboy
Copyright © 2021 Debra Clopton Parks

Komm zu mir zurück, Cowboy

Der ehemalige Texas Ranger Zane Cantrell sucht eine Frau. Nicht irgendeine Frau – er sucht die Frau, die er vor Jahren enttäuscht hat, als er sie im Zeugenschutzprogramm beschützt hat. Und jetzt ist es ihm gelungen, sie in der Kleinstadt Mule Hollow zu finden ... doch das Letzte, was er dort zu sehen erwartet ist, dass sie einen Sohn hat ... seinen Sohn.

Die Kaktusfeigengelee-Herstellerin Rose Vincent hat endlich ein Zuhause gefunden, an dem sich ihr vierzehnjähriger Sohn und sie sicher fühlen können. Ein Ort, an dem sie von vorne anfangen und ihre Vergangenheit hinter sich lassen kann ... doch dann kommt ein Teil ihrer Vergangenheit durch die Tür und fegt sie buchstäblich von den Beinen.

Ihre Vergangenheit hat sie auseinandergerissen. Kann diese Vergangenheit und die Liebe, die sie vor all den Jahren geleugnet haben, sie wieder vereinen, oder ist es zu spät?

Ihr Sohn hat ganz eigene Ideen und kennt genau die richtigen Frauen, um ihm dabei zu helfen. Doch ist dieses eine Paar eine Nummer zu groß für die begeisterten Kupplerinnen von Mule Hollow?

KAPITEL EINS

Zane Cantrell suchte eine Frau. Und nicht irgendeine Frau.

Als Texas Ranger hatte er Karriere gemacht, indem er Männer, Frauen und manchmal sogar Kinder aufspürte oder beschützte. Doch diesmal war es anders. Diesmal war es persönlich.

Sein Bauch verknotete sich, und sein Kiefer verkrampfte sich. Er war kein Ranger mehr; Dennoch war es der leichte Teil gewesen, ihr in diese kleine Stadt Mule Hollow zu folgen.

Ihr gegenüberzustehen … das war der Punkt, an dem der schwierige Teil beginnen würde.

„Zane Cantrell?"

Als Zane seinen Namen hörte, drehte er sich gerade noch rechtzeitig um, um zu sehen, wie ein Riese von einem Mann aus Sam's Diner kam. Ein strahlendes

Lächeln breitete sich über die gemeißelten Züge des Mannes aus. Angesichts des goldenen Sterns über seinem Herzen und der Tatsache, dass nur ein Mensch wusste, dass er spät in der Nacht in der Stadt angekommen war, hielt Zane ihn für Sheriff Brady Cannon.

Als Zane angerufen hatte, um sich nach einem Job zu erkundigen, hatte der Sheriff ihn überrascht, indem er ihn innerhalb von Minuten als Deputy eingestellt hatte. Natürlich war er offiziell überprüft worden, und der Backgroundcheck hatte zweifellos seine Geschichte enthüllt – zumindest das meiste davon. Der Sheriff wusste nichts von Rose. Wusste nicht, dass Zane mehr Gründe hatte als nur ein kaputtes Bein, vorzeitig in den Ruhestand zu gehen.

„Sheriff Cannon?", sagte Zane und streckte seine Hand zu einem kräftigen Schütteln aus.

„Schön, dass Sie es geschafft haben. Wie ich sehe, haben Sie die Wohnung gefunden."

Eine amüsante Aussage, da es nur zwei Straßenkreuzungen gab. Zanes Stimmung beruhigte sich mit dem Gefühl, in seinem neuen Boss einen Seelenverwandten zu finden. „War nicht allzu schwer", sagte er.

„Es ist nicht gerade Corpus, oder?"

Eine Seite von Zanes Mund hob sich. „Das sicher nicht."

KOMM ZU MIR ZURÜCK, COWBOY

Nur sieben Stunden trennten die beiden Orte, doch sie schienen Welten voneinander entfernt. Seine Beinverletzung hatte jedoch häufige Stopps erfordert, um sich die Beine zu vertreten und die immer noch heilenden Sehnen zu dehnen. Darum hatte er elf Stunden gebraucht. Er war kurz nach zehn in der Stadt angekommen, lange, nachdem die Bürgersteige hochgeklappt wurden. In Corpus hätte das Nachtleben gerade erst begonnen. Er bezweifelte, dass die Polizei hier zu irgendeiner Tageszeit viel zu tun hatte.

„Danke, dass Sie die Wohnung für mich gefunden haben. Das hätten Sie nicht tun müssen, aber ich weiß es zu schätzen." Er warf einen Blick hinter sich auf sein neues Zuhause über Mule Hollows einzigem Immobilienbüro. Dass es zwanzig steile Stufen gab, war ein schmerzlicher Segen, den Zane begrüßte. Jeder Schritt würde seinem Bein helfen, schneller zu heilen.

„Ich bin derjenige, der Ihnen danken sollte", antwortete Brady schnell. „Wenn ein Mann mit Ihrer Qualifikation aus heiterem Himmel anruft und nach einem Job fragt, besonders wenn ich Hilfe brauche – das freut mich natürlich." Er lachte leise. „Und meine Frau besteht darauf, dass Sie ein Glücksfall sind. Kommen Sie, lassen Sie uns um die Ecke ins Büro gehen."

Ein Glücksfall. Zane konnte nur beten, dass Gott seine Schritte hier lenkte.

Rose Vincent lebte hier.

Und das war Zanes einziger Grund herzukommen. Schlicht und einfach.

Gemeinsam mit seinem neuen Boss ging er den Gehsteig entlang und betrachtete den winzigen Ort bei Tageslicht. „Ich glaube, ich habe noch nie einen so bunten Ort gesehen."

Jedes Gebäude entlang der Hauptstraße war in einer anderen Farbe gestrichen. Der Futterladen war gelb, das Diner grasgrün, und auf der anderen Straßenseite erhob sich ein rosafarbener Friseursalon inmitten einer Reihe ebenso grellbunter Gebäude. Als er an diesem Morgen die Treppe hinuntergegangen war und die Stadt zum ersten Mal im Licht gesehen hatte, war er erschrocken. Doch er würde sich daran gewöhnen, denn er mochte die Vorstellung, dass Rose an einem Ort lebte, der so … glücklich aussah. Vor allem, nachdem er erfahren hatte, was sie zwischen damals und heute durchgemacht hatte. Die Zeit, die sie und ihr Sohn untergetaucht verbracht hatten, kämpfend und allein, weil er versagt hatte. Es war ein kleiner Trost zu wissen, dass sie diesen Ort gefunden hatte. Er war dieser Stadt zu Dank verpflichtet.

Bradys Gesichtsausdruck wurde herzlich. „Die Leute sind genauso bunt. Sie werden keine bessere Gemeinde finden. Das Tempo hier ist ziemlich langsam, aber bei all den Festivals und dem Wochenendverkehr, den wir anziehen, kann es manchmal wild zugehen. Hält mich beschäftigt, und meine Frau und ich haben ein Baby auf dem Weg, also brauche ich wirklich Hilfe."

„Ich freue mich, helfen zu können", sagte er und wusste, dass er es ernst meinte.

„Also, wie geht's dem Bein?", fragte Brady.

Sie bogen am Ende der Stadt um die Ecke, und ihre Stiefel klapperten auf dem Gehsteig. Obwohl er seine Schwäche normalerweise verbergen konnte, betonte das Geräusch seiner Stiefel auf den Holzplanken sein Hinken. „Es wird." Er hatte offen über seinen Heilungsprozess nach der Verletzung gesprochen, die ihn fast getötet hätte. Er hatte Brady bereits versichert, dass er auf dem Weg zur vollständigen Genesung sei, bevor er den Job angenommen hatte. Mehr wollte er darüber jedoch nicht reden. Doch das war nicht der Grund, aus dem Zane die Antwort im Hals stecken blieb, als sie sich dem Büro des Sheriffs näherten. Es war die Farbe des Gebäudes, in dem das Büro des Sheriffs untergebracht war – schokoladenbraun mit … Das konnte nicht sein.

Roséfarbene Fenster und Türrahmen für das Sheriff's Department waren einfach nicht richtig. Andererseits war es vielleicht ein helles Rot und er hatte einfach Rose im Sinn. Der Gedanke, ihr nach all den

Jahren wieder so nahe zu sein, lenkte ihn ab. Fast so sehr, wie Zanes Befürchtungen, was das Überwinden ihrer Vergangenheit anging.

Brady warf einen Blick über die Schulter und schmunzelte. „Du wirst dich daran gewöhnen. Die Damen des Ortes haben sich das Farbschema einfallen lassen."

„Da bin ich ja froh, dass das niemand aus dem Büro war", sagte Zane und zwang sich zu einem Grinsen, als er Brady ins Büro folgte. Farbe war das Unwichtigste, woran er sich in diesem neuen Leben gewöhnen musste. Doch wenn er die Sache mit Rose in Ordnung bringen könnte, wäre er zufrieden. Es war viel von ihr verlangt. Während seiner Genesung war er sich jedoch bewusst geworden, dass er es versuchen musste. Gott hatte ihm Zeit gegeben, alles ins Lot zu bringen … Gott hatte ihm eine zweite Chance gegeben, und er würde sie nutzen.

„Also ist alles da?", fragte Rose Vincent und betrachtete die Pakete, die auf der Theke von Pete's Feed and Seed standen.

„Brillen. Zwei Paare. Genau wie Sie es wollten", sagte der stämmige Ladenbesitzer und zog sie aus dem Stapel. „Zwei dicke Arbeitshemden. Eins für Sie und eins für Max. Arbeitshandschuhe aus Leder, Bandanas und ein Paar Stiefel in Größe Achtunddreißig."

Es war alles hier. „Ich bin einfach aufgedreht, Pete. Das ist so spannend. Ganz zu schweigen davon, dass ich jetzt ein Paar Cowboystiefel besitze!"

Pete schüttelte den Kopf und grinste. „Greenhorns – oh, das hätte ich fast vergessen." Er zog zwei kleine Kanister aus dem Regal hinter sich und stellte sie auf den Tresen. „Sie sollten Ihre Schweißbrenner nicht vergessen."

Rose lachte. Sie konnte nicht anders. „Max kann es kaum erwarten, die in die Finger zu bekommen. Vielen Dank, dass Sie ihm gezeigt haben, wie man sie richtig benutzt."

„Das ist eine Männersache, und er hat nicht viel Unterricht gebraucht. Sie werden mit diesem Unterfangen wirklich Gutes tun, Rose."

Sie holte tief Luft und begann, die Kisten zu stapeln. Ihr Herz platzte vor Emotionen, die sie nicht in Worte fassen konnte. Wenn Pete nur wüsste, was nötig gewesen war, um an diesen Punkt in ihrem Leben zu gelangen. Ein Leben, das nicht so gelaufen war, wie sie es sich vorgestellt hatte. Und doch war ihr trotz allem, was ihr widerfahren war, klar geworden, dass sie endlich glücklich war.

Noch wichtiger war, dass Max glücklich war. Ihr Sohn war so aufgeregt über das neue Geschäft, das sie zusammen gründeten … selbst wenn es Gelee verkaufte. Der Gedanke brachte sie zum Lächeln. Das wunderbare Geleerezept ihrer Großmutter war die perfekte Grundlage, um ihre neue Zukunft aufzubauen. Gott sei ihrer Seele gnädig; sie hatte immer das Beste für Rose gewollt.

Ihr Herz zog sich wie immer, wenn sie an ihre Großmutter dachte, zusammen. Oh, wie sie sie vermisste. „Ich bringe Ihnen mein erstes Glas Kaktusfeigengelee."

Pete rieb sich den Bauch. „Ich kann es kaum erwarten. Lassen Sie mich diese Pakete für Sie zum Wagen bringen."

„Oh nein, das müssen Sie nicht", sagte sie. „Ich schaffe das schon. Sie haben Besseres zu tun, und ich habe zwei gesunde Arme." Sie bewies es, indem sie den Stapel Kisten vom Tresen nahm.

„Ich fühle mich nicht gut, wenn ich Sie das alles tragen lasse", brummte Pete und lehnte sich über die Theke, um die oberen Kisten auszurichten, während sie schwankten.

„Das liegt daran, dass Ihre Mutter Sie richtig erzogen hat. Aber ich komme wirklich zurecht. Sie haben Futter, das darauf wartet, ausgeliefert zu werden, also machen Sie nur, und kümmern Sie sich darum, und hören Sie auf, sich Sorgen um mich zu machen."

Er sah nicht überzeugt aus, doch er drängte nicht weiter, als Rose zur Tür ging. Sie hatte gelernt, dass ein Mann mit Manieren eine wunderbare Sache war, doch sie war niemand, der sich darauf verlassen wollte. Sie warf einen Blick zurück, um ihn zu beruhigen.

„Haben Sie einen schönen Tag!", rief sie. Ihre Aufregung über die Kisten in ihren Armen ließ sie schneller zur Tür gehen. Max wartete zu Hause, begierig darauf, mit der ersten Obsternte zu beginnen.

Es war erstaunlich, dass Gott sie und Max durch Jahre bitterer Desillusionierung, Enttäuschung und eines gebrochenen Herzens hierhergeführt hatte – in dieses neue Leben, das sie heute begannen. Sie hatte sich noch nie so aufgeregt oder optimistisch in Bezug auf ihr Leben gefühlt. Sie sang praktisch, als sie in den hellen, sonnigen Tag hinaustrat.

Und direkt in einen Mann rannte.

„Whoa, Vorsicht", sagte er hinter den Kisten hervor, die sie trennten.

Rose erstarrte. *Diese Stimme!*

Schock erfasste sie – wenn seine starken Hände sie nicht gehalten hätten, wären ihre Knie vielleicht unter ihr eingeknickt. Benommen sah sie über die Pakete hinweg in die Augen eines zweibeinigen Stinktiers.

„Rose."

Ihr Name von Zane Cantrells Lippen war wie der

Stein, der durch ihr Herz krachte.

„Zane", brachte sie hervor. Zane war der letzte Mensch, den sie jemals auf den Straßen von Mule Hollow erwartet hatte. Der letzte Mensch, den sie jemals irgendwo treffen wollte! „Was tust du denn hier?", fragte sie.

„Ich … ich bin letzte Nacht hierhergezogen."

Seine Augen, seine unvergesslichen Goldstaubaugen, richteten sich auf sie. Ihre Augen weiteten sich.

„Ich bin der neue Deputy in der Stadt."

„Deputy …" Sie entzog sich seiner Berührung. Kämpfte darum, ruhig zu wirken. Kämpfte, unbeschwert zu wirken. Kämpfte darum, nicht zu bemerken, wie gut die Jahre zu ihm gewesen waren – dass er so gutaussehend war, wie sie es in Erinnerung hatte, und genauso herb. Seine Wangenknochen waren hervorstehender, sein Kiefer kantiger, seine Lippen … Ihr Mund wurde trocken. „Du *wohnst* hier?", wiederholte sie. Wiederholte es, als hätte er es nicht gerade laut und deutlich gesagt.

Er nickte, wahrscheinlich dachte er, sie hätte den Verstand verloren in den Jahren, die vergangen waren, seit sie … seit sich ihre Wege gekreuzt hatten. Es war ihr peinlich, und sie spürte, wie ihre Wangen heiß wurden, als sich ihre Vergangenheit wie ein gähnendes schwarzes Loch auftat und sie zu verschlucken drohte. Für einen kurzen Moment begrüßte sie beinahe die Zuflucht, die ihr eine Ohnmacht gewähren würde. Doch Schwäche war keine Option. Schwäche war eine Waffe, von der sie geschworen hatte, dass sie nie wieder jemand gegen sie einsetzen würde.

„Wo?"

Er nickte nach rechts. „Ich bin in die Wohnung da oben eingezogen."

Ihr Blick folgte seinem zu der Wohnung über dem Immobilienbüro. Es war direkt gegenüber der Boutique, in der sie arbeitete!

Rose war nicht Schauspielerin genug, um ihren Schock zu verbergen. „Ich verstehe." Nein, das tue ich nicht, sagte sie stumm. *Was willst du hier?*

„Es ist lange her, Rose. Wie geht's dir?"

Wie geht's dir? Nach allem, was sie durchgemacht hatten und was zwischen ihnen passiert war … Was war das für eine Frage? Dieser Mann hatte ihre Welt auseinandergerissen und wollte jetzt Smalltalk machen! Ihr Inneres brodelte.

„Gut", antwortete sie knapp. „Mule Hollow ist ein großartiger Ort." Wie konnte sie plaudern, wenn sie sich übergeben wollte? Ohnmächtig werden. Lauf weg!

„Habe ich auch gehört", sagte er und suchte ihren Blick. „Hier, soll ich die für dich nehmen?"

„Nein!", schnauzte sie und zuckte zurück. Seine Berührung noch einmal zu erleben war das Letzte, was sie wollte. Sie war erstaunt, dass sie die Pakete nicht fallengelassen hatte. Und noch erstaunter, dass sie sie nicht auf ihn geworfen hatte.

„Ich – ich muss gehen. Ich muss zur Arbeit. Aber wir werden uns sicher wiedersehen. Das ist eine kleine Stadt."

Zu klein für uns beide, dachte sie und schob sich an ihm vorbei.

„Darauf zähle ich."

Sie brachte ein Nicken zustande und eilte dann über die Straße zum Kleiderladen. Sie hatte heute frei, doch sie hatte für einen Moment vergessen, dass ihr Auto vor dem Futterladen geparkt war. Ihr einziger Gedanke war, wegzukommen. Sie war sich nicht sicher, wie ihre Beine sie trugen, doch sie schaffte es über die Straße und zur Tür.

„Halt durch", knurrte sie leise. Ihre Hand zitterte heftig, als sie den Türknauf packte, mit ihren Paketen kämpfte und es irgendwie hineinschaffte. Sie schob die Tür zu, als ihre Arme zu Wackelpudding wurden und die Kisten zu Boden fielen. Sie rang nach Luft, sank gegen die Wand und kämpfte darum, ein wenig Kontrolle zurückzuerlangen. Es war eine schwierige Sache, wenn alles, was ihr wichtig war, plötzlich in Gefahr war.

Zane Cantrell war hier.

Zane sah zu, wie Rose in *Ashbys Treasures* verschwand. Er war sich nicht sicher, ob es richtig gewesen war, hierherzukommen, doch ein Blick in ihre mitternachtsblauen Augen sagte ihm, dass er getan hatte, was er tun musste. Er war nicht überrascht, dass sie sich nicht gefreut hatte, ihn zu sehen. Er war darin ausgebildet, Menschen zu lesen, doch es brauchte kein geschultes Auge, um zu sehen, dass seine Gegenwart sie aufgewühlt hatte. Eine erwartete Reaktion, wenn man bedachte, dass sie ihn wahrscheinlich hasste.

Und das aus gutem Grund.

KAPITEL ZWEI

Woraus bestehen Träume?

Rose stand in der Mitte der Weide, die ihr neu erworbenes Zuhause umgab, und lächelte trotz der inneren Unruhe, die sie empfand, seit sie ihn an diesem Morgen gesehen hatte. Nicht viele würden sagen, dass ihre Träume aus hässlichen, lila, eiförmigen Früchten bestanden. Doch genau daraus waren Roses Träume gemacht. Köstliche Kaktusfeigen.

Das Haus war alt, und die Weiden waren mit riesigen Feigenkakteen überwuchert. Für die Stadt war es das nutzloseste Land, das der Herr je geschaffen hatte. Doch genau das war der Grund, warum sie gespart und hart gearbeitet hatte, um dieses Grundstück zu kaufen. Diese schwer beladenen Pflanzen, deren schöne gelbe Blüten den hässlichen Früchten gewichen waren, waren schön für sie. Sie waren ihr Traum.

KOMM ZU MIR ZURÜCK, COWBOY

Sie und Max waren in Mule Hollow in einem Bus mit anderen Frauen angekommen, die aus einem abgebrannten Frauenhaus in L.A. umgezogen waren. Sie waren in der Hoffnung gekommen, dass die kleine Stadt und das neue Frauenhaus die Antwort auf ihre Gebete sein könnten.

Und sie hatte sich als das erwiesen, was sie sich erhofft hatten und noch viel mehr. Die Gemeinde war so fürsorglich und liebevoll gewesen, dass sich die Neuankömmlinge schnell sicher fühlten und selbst etwas zur Gemeinde beitragen wollten. Das hatte einen Unterschied gemacht. Speziell für Max. Er hatte sich fast sofort integriert und träumte nun davon, eines Tages seine eigene Ranch zu besitzen. Auf den Straßen von L.A. wäre ihm dieser Gedanke nie gekommen. Sie dankte Gott jeden Tag dafür, dass er sie hierher geführt hatte.

Und das hier – dieses täuschend unattraktiv aussehende Kakteenfeld, das das Holzständerhaus und die Scheune umgab, die schon bessere Tage gesehen hatte – war der Ort, an dem ihre Träume wahr werden sollten.

Sie weigerte sich zu glauben, dass die letzten Stunden daran etwas geändert haben könnten.

„Mom!", rief Max.

Sie wirbelte herum und beobachtete, wie ihr

schlaksiger Teenager im Zickzack durch die Kakteen auf sie zukam. In seiner behandschuhten Hand hielt er eine Segeltuchtasche hoch wie die Trophäe, die sie war.

„Ich habe einen Beutel", sagte er und blieb vor ihr stehen. Seine schönen Augen funkelten hinter der Schutzbrille. Sie konnte das Lächeln in seiner Stimme hinter dem Bandana hören, das den Rest seines Gesichts bedeckte. Mit den winzigen, haarartigen Stacheln an den Früchten und der Kaktuspflanze durfte man kein Risiko eingehen. Sie waren furchtbar reizend, wenn sie auf die Haut kamen; in den Augen waren sie noch schlimmer. Er hatte gemurrt, als sie ihn zum ersten Mal gebeten hatte, die Schutzbrille zu tragen, doch ohne Schutzkleidung ging es nicht. Als sie aus der Stadt nach Hause gekommen war, hatte er sich so sehr darauf gefreut, sich an die Arbeit zu machen, dass er keinen Moment gezögert und sich die Schutzbrille geschnappt hatte.

Er war zu aufgeregt über die Aussicht, die Früchte zu ernten, um zu bemerken, dass sie aufgewühlt war. Sie war froh, denn obwohl sie versuchte, es zu verbergen, bestand immer noch die Möglichkeit, dass ihr einfühlsamer Sohn es bemerkte. Sie war nicht bereit, ihm Zane zu erklären ... *Mule Hollows neuen Deputy!*

Ihre Temperatur stieg bei dem Gedanken an ihn.

Sie brauchte dringend eine Ablenkung und machte

sich mit ihrer eigenen Ausrüstung ans Ernten der Kaktusfeigen. Genau das, was sie brauchte. Ignorieren war die Devise. Und im Moment würde sie das tun, weil Zanes Gegenwart hier in Mule Hollow einfach zu überwältigend war.

Sie brauchte Zeit, um es zu verarbeiten. Zeit, um einen Weg zu finden, Max alles zu erklären. Er wusste, dass sie viele Jahre in einem Frauenhaus nach dem anderen verbracht hatten, doch er kannte nicht alle Umstände, die zu ihrer nomadischen Lebensweise geführt hatten. Er wusste nicht, dass sie mit zwanzig Zeugin eines Mordes geworden war. Oder dass sie kurzzeitig in einem Zeugenschutzprogramm gewesen war, als ihre Aussage den Mörder ins Gefängnis gebracht hatte. Er wusste auch nicht die ganze Wahrheit darüber, warum oder wie sie wieder ihren richtigen Namen angenommen hatte.

Max war zu jung gewesen, um sich an irgendetwas aus diesem Leben zu erinnern, und sie wollte es dabei belassen.

Sie verdrängte die Gedanken und hielt ihre Tüte mit Früchten hoch. „Ich auch", sagte sie. „Aber Max, bitte mach langsamer. Wenn du stolperst und in einen Kaktus fällst, fressen dich die Stacheln bei lebendigem Leib auf."

Er zog sein Bandana herunter. „Mom, hör auf, dir

Sorgen zu machen. Ich bin eingewickelt wie eine Mumie. Außerdem stolpere ich nicht", sagte er, wie es nur ein übermütiger Teenager tun konnte. „Ich bin ein Unternehmer. Die Jungs können immer noch nicht glauben, dass ich mit vierzehn mein eigenes Geschäft eröffne."

Rose zog bei seinen Worten neckend eine Augenbraue hoch, weil sie seinen Willen zum Erfolg liebte. Er war ein Kämpfer. Ehrgeizig, seine Ziele zu erreichen. Er war genauso stolz wie sie, ihr erstes wirkliches Zuhause zu haben, denn in seinem jungen Alter wusste er, was es bedeutete, keine eigene Wohnung zu haben. Sein Ehrgeiz würde ihm helfen zu überleben.

„*Wir* eröffnen ein Geschäft", ergänzte er mit einem breiten Grinsen. „Nur du und ich", sagte er mit einem Zwinkern seiner wunderschönen goldenen Augen.

Sofort traf ein Stich der Sorge Rose bis ins Mark. Diese Augen gepaart mit seinem breiten Grinsen … Sie stand auf einem Kartenhaus, das bereits zu zittern begann.

Aber nicht hier. Nicht in diesem Moment, in dem alles so perfekt sein sollte. „Wir sind Partner", sagte sie und trieb das Gespräch voran. „Du kannst dich gerne so einbringen, wie du willst. Ich werde mich sehr auf dich verlassen. Wenn du dir sicher bist, dass du die

Verantwortung willst."

Sein Blick wurde sofort ernst. „Ich bin ganz dabei. Denk daran, ich muss eine Ranch kaufen. Das heißt, ich mache mich besser wieder ans Abfackeln." Er nahm ihre Tasche und schlenderte dann zum Arbeitstisch, wo seine Schweißbrenner warteten.

Die Stacheln entfernte man, indem man sie mit der heißen Flamme absengte. Wie Pete sagte, das war Männersache.

Während sie ihn beobachtete, stieg Panik in ihr auf. Zane war hier.

In ihrer Stadt.

Sie konnte weglaufen, das alles hier hinter sich lassen – doch das konnte sie Max nicht antun. Sie holte zittrig Luft und versuchte, ihre Ängste zu beruhigen. Tief in ihrem Inneren hatte sie befürchtet, dass dieser Tag kommen könnte. Und jetzt, wo er gekommen war, konnte sie nur noch eines tun.

Hier bleiben.

Kein Weglaufen mehr.

Es war an der Zeit, sich ihm zu stellen, ob sie dazu bereit war oder nicht.

„Ich kann immer noch nicht glauben, dass wir uns einen echten Texas Ranger als Deputy in unsere kleine Stadt geholt haben", sagte Applegate Thornton und klang, als würde er durch ein Megaphon sprechen, als Zane Sam's Diner betrat. Applegate war ein dürrer, mürrischer älterer Mann von durchschnittlicher Größe – Zane nahm an, dass ihn seine Vogelscheuchenstatur den meisten auf den ersten Blick wahrscheinlich größer erscheinen ließ. Er war ein Stammgast von Sam's Diner. Mit seinem Kumpel Stanley Orr schien er am Puls der Gemeinde zu sitzen. Sie saßen vorne am Fenstertisch und waren in ihr morgendliches Damespiel vertieft. Zane hatte sie am Vortag nach seiner Begegnung mit Rose kennengelernt. Die beiden Männer und Sam hatten ihn praktisch eine Stunde lang verhört.

Es war für Zane ziemlich offensichtlich, dass ihre Adleraugen alles sahen, was auf der Straße hinter ihrem Fenster passierte, obwohl sie so aussahen, als wären sie in ihr Spiel vertieft.

Sanfter, kleiner und lächelnd nickte Stanley. „Brady ist auch ein guter Mann. Ich wette, er war ein guter Ranger. Kaum zu glauben, dass unsere kleine Stadt das Glück hatte, euch beide zu bekommen."

„Ich weiß das Vertrauensvotum zu schätzen", sagte Zane mit einem Nicken in ihre Richtung.

Es war wahr. Er war erst seit ein paar Tagen in der kleinen Stadt, doch er fühlte sich bereits verbunden. Sein natürlicher Beschützerinstinkt war in

Alarmbereitschaft. Nicht, dass er mit irgendwelchen Schwierigkeiten gerechnet hätte – doch wenn sie kämen, würde er sich ihnen stellen. Zane hatte seinen Job nie auf die leichte Schulter genommen, weder als Ranger noch jetzt als Deputy. Er war immer stolz darauf gewesen, Entscheidungen im besten Interesse der Menschen oder Orte zu treffen, die ihm anvertraut wurden. Diese Einstellung hatte ihm ein ruhiges Gewissen beschert und erlaubte es ihm, stolz zurückzublicken. Rose war die Ausnahme.

„Also, was machen Sie beide?", fragte er.

Sam eilte mit einem Tablett mit sauberen Kaffeetassen aus der Küche. Wenn überhaupt, war er eins sechzig groß und hatte den o-beinigen Gang eines Mannes, der dazu geschaffen war, auf einem Pferd zu sitzen. Zane betrachtete den Besitzer mit dem zerklüfteten Gesicht als einen kleinen Mann mit einem großen Herzen und höchstwahrscheinlich einem zähen dazu. Irgendetwas an seinen Augen und seinem kräftigen Händedruck sprach Zane an. Er war eine tragende Säule der Gemeinde. Zane hatte sein ganzes Leben lang Menschen studiert und dieses Wissen in seinem Job benutzt, doch es gab einige Leute, die ihren Charakter wie ein offenes Buch trugen, das die ganze Welt sehen konnte – und Sam Green war so ein Mensch. Er war ein Mann, auf den man sich verlassen konnte.

Zane hatte immer gehofft, dass die, die ihn kannten, ihn so beschreiben würden. Es schmerzte, dass Rose das nicht über ihn sagen konnte.

„Die beiden", sagte Sam, deutete mit einem Nicken auf Applegate und Stanley und redete so laut, dass sie jedes seiner Worte hören konnten. „Lassen Sie sich nicht täuschen. Sie machen mehr Ärger als zwei Teenager, die das erste Mal in Daddys Pick-up losgelassen werden."

Zane schmunzelte. „Ach so?"

Applegate blickte finster von der anderen Seite des Raumes herüber. „Nicht mehr als jeder andere. Wir sind im Ruhestand und sind es leid. Also helfen wir jetzt im Scheunentheater am Stadtrand aus, und das nimmt einen Teil unserer Zeit in Anspruch."

„Korrekt." Stanley sprang mit einem seiner Damesteine über Applegates und handelte sich einen harten Blick ein. „Sie müssen rauskommen und sich eine Show ansehen. Wir haben ein richtig gutes Programm auf die Beine gestellt."

Applegate grinste zum ersten Mal und überraschte Zane so sehr mit der Verwandlung, dass er fast den Kaffee ausspuckte, von dem er gerade einen Schluck getrunken hatte.

„Wir haben ein paar mächtige Talente da draußen. Darum haben wir Kritiken in so gut wie jeder Zeitung, die es wert ist, gelesen zu werden. Und unsere Sugar Ray Denton wurde sogar eingeladen, in einem Film und am Broadway zu spielen!"

„Ich bin beeindruckt", sagte Zane.

Sam zog eine Braue hoch. „Wir haben in diesem kleinen Ort alle möglichen guten Dinge am Laufen. Eins davon ist meine Frau und ihre beiden Freundinnen. Als alleinstehender Mann sollten Sie darauf vorbereitet sein, dass Sie ihre Aufmerksamkeit auf sich ziehen werden."

„Warum habe ich das Gefühl, dass Sie dieses Gespräch in der Vergangenheit schon mehrmals geführt haben?" Er kannte die ortsansässige Journalistin Molly Jacobs, die eine syndizierte Zeitungskolumne über die Geschehnisse in der Stadt geschrieben hatte. Er hatte oft über die Kuppelerfolge der alten Damen gehört.

„Weil es wahr ist", grunzte Applegate, stopfte sich dann eine Handvoll Sonnenblumenkerne in den Mund und grinste. Er war liebenswürdiger, als Zane ihn zuerst eingeschätzt hatte. „Und es ist für uns Oldtimer unterhaltsam zu sehen, wie ihr Jungspunde von ihren guten Absichten eingewickelt werden. Ist das nicht so, Stanley?"

„Jupp. Dieser Platz hier vor diesem Fenster ist besser als die erste Reihe im Kino."

Sam grinste Zane an. „Wir denken, es ist gut, Sie

zu warnen und uns dann zurückzulehnen und die Show anzusehen, wenn sie Sie ins Visier nehmen."

Ihre Offenheit brachte Zane zum Lachen, doch es verblasste schnell, als die älteren Männer ihn seltsam anstarrten.

„Habe ich was falsch gemacht?", fragte er und fühlte sich plötzlich wie in einer Gegenüberstellung.

Stanley zupfte an seinem Ohr. „Wenn Sie so lachen, kommt es mir vor, dass ich Sie vielleicht schonmal irgendwo gesehen habe."

„Ja", stimmte Applegate zu.

Sam nickte. „Aber ich vergesse Gesichter nicht, also weiß ich, dass ich Sie noch nicht getroffen habe."

Zane hatte im Laufe der Jahre viele sogenannte Doppelgänger gehabt. Er war sich sicher, dass jedem im Leben mehrmals gesagt wurde, dass er genauso aussah wie jemand anderes. „Jemand in dieser Gegend muss mir ähneln", schlug er vor.

„Das muss es sein", sagte Sam, rieb sich das Kinn und musterte Zane weiter.

„Wir kennen alle hier", grunzte Applegate und durchbohrte Zane mit seinem prüfenden Blick. „Was denkst du, wer es ist?"

„Ich kann es gerade nicht sagen", murmelte Stanley. „Aber es ist dieses Lachen und noch was anderes ... ich kann es wirklich nicht sagen."

Zane schmunzelte. „Gentlemen, entspannen Sie sich. Angesichts der Größe von Mule Hollow wird einer von uns bestimmt ziemlich schnell auf meinen Doppelgänger stoßen. Und wenn das passiert, wird das Rätsel gelöst."

Zane, der herausfordernde Jobs gewohnt war, dachte sich, dass dies das größte Rätsel sein könnte, dem er in der friedlichen kleinen Gemeinde begegnen könnte. Das würde etwas gewöhnungsbedürftig sein. Doch wenn er das mit Rose in Ordnung bringen konnte, dann würde er sich gerne mit einem glücklichen Herzen in dieses ruhige Leben einleben.

KAPITEL DREI

In Mule Hollow kam ein Baby zur Welt, und alle waren in Aufruhr! Für eine Stadt, die vor nicht allzu langer Zeit kurz vor dem Aussterben stand, war es eine reine Freude, wenn Babys kamen. Rose konnte Dotties Babyparty nicht verpassen, egal wie sehr sie sich danach sehnte, sich zu Hause zu verstecken. Dottie hatte vor einem Monat Bettruhe verordnet bekommen, also wurde bei ihr zu Hause gefeiert. Das Haus war voll mit Frauen.

Obwohl Rose besorgt war, was mit Zane passieren würde, war sie entschlossen, weiterzumachen, als ob ihre Welt nicht gerade auf den Kopf gestellt worden wäre.

Wie bei Max im Kaktusfeld konzentrierte sie sich auf das, was um sie herum vor sich ging. Es war immer lebhaft, wenn die Frauen von Mule Hollow zusammenkamen. Anders als ihre eigene stille, heimliche Schwangerschaft. Der Vergleich kam ungebeten; es war, als ob Zane, der wieder in ihr Leben getreten war, ihre Vergangenheit zurückgebracht hätte, damit sie sie wieder verfolgen konnte. Als sie so weit wie Dottie war, war Rose bewusst geworden, dass sie sich in eine missliche Lage gebracht hatte. Zu diesem Zeitpunkt hatte sie aufgehört zu glauben, dass David, ihr Ex-Mann, die Antwort auf ihre Probleme war. Bis dahin hatte er angefangen, sein wahres Gesicht zu zeigen, und sie bereute ihre vorschnelle Entscheidung, ihn zu heiraten. Seine Überfürsorglichkeit hatte sie zuerst zu ihm hingezogen, doch sie hatte bald gelernt, dass es Kontrollwahn und nicht Fürsorge war, der ihn antrieb. Fast sofort, nachdem ihre Gelübde gesprochen waren, hatte er angefangen, sie einzuschließen und die Welt auszusperren. Sie hatte keine Freunde gefunden und selbst wenn sie es getan hätte, hätte er ihnen nicht erlaubt, vorbeizukommen. Eine Babyparty hätte es nicht gegeben.

„Das ist von Norma Sue", sagte Dottie und las die Karte. Sie saß auf dem Sofa und schmolz, als sie das Seidenpapier aufriss und ein Paar rote Satin-Babypantoffeln und ein passendes Kleidchen auspackte. „Ohhh", seufzte sie und hob sie hoch, damit jeder sie sehen konnte.

„Ich liebe Rot!" Die Stimme der rothaarigen Esther Mae übertönte die Ausrufe der anderen. Esther Mae war in den Sechzigern und so lebendig wie die Farbe, mit der sie sich die Haare färbte. „Jedes Baby braucht ein rotes Outfit. Das hast du gut gemacht, Norma."

Norma Sue Jenkins' pralle Wangen strahlten, ihre Freundin und Mitverschwörerin bei allen möglichen Eskapaden. „Ich dachte mir, wenn das Baby schwarze Haare wie Dottie hat, würde das Rot wirklich gut aussehen."

„Du hast so Recht", seufzte Dottie, ihre dunkelblauen Augen leuchteten auf ihrer blassen Haut. Sie gab das Geschenk weiter, und es begann seine Runde durch den Raum.

„Das ist von Lacy", sagte Rose, warf einen Blick auf die Karte auf der Tüte und reichte sie Dottie. Ihre Hand ruhte auf ihrem runden Bauch, und sie sah ein wenig unbehaglich aus. Rose zögerte. „Bist du okay? Nicht zu müde?"

„Es geht mir gut. Wirklich", sagte sie, sah aber nicht ganz überzeugend aus.

Rose war keinen einzigen Tag krank gewesen, während sie mit Max schwanger war, ein Segen in mehr als einer Hinsicht. Ihr Leben war auf andere Weise so verkorkst gewesen, dass sie dankbar gewesen war, dass da nicht noch Morgenübelkeit hinzugekommen war.

Natürlich hatte sie Mitleid mit Dottie.

„Du siehst müde aus", sagte Lacy Matlock. Lacy, der weißblonde Energizerbunny hatte genug Energie, um sie an jeden abzugeben, der welche brauchte. „Können wir dir noch mehr helfen?"

Alle Frauen schienen sich vorzulehnen und erinnerten Rose an Rennfahrer in den Startlöchern. Rose stellte sich plötzlich ein Bild von Dottie vor, die sagte, sie könne ein Glas Wasser gebrauchen, und alle im Raum rasten los, um es für sie zu holen. Es war ein süßes Bild und so typisch für ihre Stadt. In ihrem Hals bildete sich ein Kloß. Ihre Gefühle waren heute ungewöhnlich nah an der Oberfläche. Wie wäre es gewesen, diese Art von Unterstützung zu haben, als Max geboren wurde?

„Bitte macht euch keine Sorgen um mich", sagte Dottie. „Der Arzt hat mir versichert, dass die Müdigkeit kein Grund zur Sorge ist. Ihr wisst alle, mein Körper hat bei diesem Sturm in Florida eine Tortur durchgemacht. Er sagte, dass es mir gut geht, wenn man bedenkt, was mein armer Körper alles durchgemacht hat. Gott hält mich in seiner Hand."

„Ja, das tut er, meine Liebe", sagte Adela. Sie war ein zierliches Persönchen mit einem schneeweißen Pixie-Schnitt und war wie Norma Sue und Esther Mae eine der berüchtigten Kupplerinnen von Mule Hollow.

Esther Mae entspannte sich. „Ihr habt alle Recht.

Meine Güte, Dottie, der liebe Gott hat dich davor bewahrt, unter diesem Haus zerquetscht zu werden, also nehme ich an, dass er unser süßes Baby auch gut auf die Welt bringen wird."

Rose ließ diese Worte auf sich wirken. Gott hatte auch ihr Leben in der Hand ... aber sie konnte das Gefühl nicht loswerden, in einem Auto ohne Bremsen zu fahren. Sie überstand das Geschenkeauspacken, ohne ihre Gedanken bei Zane verweilen zu lassen. Doch ein paar Minuten später, während alle Kekse aßen und Kinderpunsch tranken, wurde das unmöglich, als das Gespräch plötzlich auf den neuen Deputy in der Stadt kam. Natürlich musste das passieren – sie hätte damit rechnen sollen. In einem kleinen Ort wie Mule Hollow war nicht viel los, worüber man klatschen konnte, und ein neuer Deputy, insbesondere ein gutaussehender Ex-Texas Ranger, musste auffallen. Rose hatte beinahe erwartet, dass es eine der Kupplerinnen sein würde, die ihn erwähnte, doch es war Dottie.

„Ich bin so glücklich, dass Zane Brady hilft", sagte Dottie, während sie an ihrem Erdbeerpunsch nippte.

„Er scheint ein wirklich netter, aufrichtiger Mann zu sein", sagte Norma Sue. „Und er ist Single."

„Und sieht sooo gut aus", fügte Esther Mae hinzu. „Ich habe ihn gestern kennengelernt. Er hat die intensivsten Augen. Ich meine wirklich, das Gold in ihnen wirkt fast lebendig. Es hat mir eine Gänsehaut bereitet, als er mich angesehen hat."

„Sie sind einzigartig", fügte Norma Sue hinzu. „Stellt euch nur vor, wie sie leuchten müssen, wenn die richtige Frau vorbeikommt!"

Wenn Rose nicht so aufgewühlt gewesen wäre, wäre sie vielleicht amüsiert gewesen, zu sehen, dass die Kupplerinnen ein neues Ziel ins Visier nahmen. Doch dem war nicht so. Als sie einen großen Schluck von ihrem Punsch trank, war sie zu sehr damit beschäftigt, ihre Hand vom Zittern abzuhalten, während die Angst, die sie zu leugnen versucht hatte, an die Oberfläche drängte. Zanes Augen *waren* einzigartig – doch sie sah jeden Abend ein ähnliches Paar am Esstisch. Würde es ihnen auffallen?

All die Fragen, die sie zu verdrängen versuchte, schoben sich plötzlich lautstark in den Vordergrund. Sein Kommen konnte kein Zufall sein. Er musste herausgefunden haben, dass sie hier lebte. Aber warum war er ihr nach all den Jahren hierher gefolgt?

Wusste er ...?

Die Frage raubte Rose den Atem. Panik überkam sie, und sie floh in die Küche. Ihre Hand zitterte, und als sie ihre Tasse abstellte, schwappte der Punsch auf den Tresen.

„Bist du okay?"

Sie zuckte erschrocken zusammen, als Lacy hinter ihr durch die Tür kam.

„Du siehst so weiß aus wie die Tischdecke."

Die Panik drohte Rose zu überwältigen. „Ich – ich muss gehen. Kannst du den anderen sagen, dass ich gehen musste?" Sie war bereits auf dem Weg zur Tür. Sie konnte fühlen, wie ihre Freundin sie beobachtete. Sie wusste, dass Lacy sich Sorgen um sie machen würde, aber Rose war zu verzweifelt, um einen unauffälligeren Rückzug zu versuchen. Alles Leugnen brach wie ein Erdrutsch in ihrem Kopf zusammen.

Was hatte sie sich gedacht? Sie konnte nicht den Kopf in den Sand stecken und so tun, als würde das nicht passieren. Sie musste sich mit Zane auseinandersetzen, und sie musste es jetzt tun.

Sie musste herausfinden, was ihn nach Mule Hollow gebracht hatte.

Sie musste herausfinden, ob er ihr Geheimnis kannte.

„Danke, Officer Cantrell. Sie haben mein Leben gerettet."

„Gern geschehen, Mrs. Lovelace. Aber ich habe nur Ihren Reifen gewechselt." Zane trat vom SUV zurück und tippte sich zum Abschied von der zierlichen

Brünetten an den Hut. Vom Rücksitz keiften zwei aufgeregte Zwergpudel.

„Oh, Sie haben mich gerettet. Wenn Sie nicht hier gewesen wären, hätten ich und meine Babys es nicht rechtzeitig zur Anmeldung nach San Antonio geschafft."

„Fahren Sie vorsichtig. Sie haben viel Zeit." Zane winkte, als Mrs. Lovelace und ihre bellende Menagerie sich aufmachten, um den Ruhm der Hundeausstellung zu suchen.

Er grinste, als er in seinen Truck stieg und zurück in die Stadt fuhr. An seinen ersten Arbeitstagen hatte er noch nicht viel getan. Diese „Rettung" war seine erste wirkliche Amtshandlung. Brady hatte ihm versichert, dass es in dem Job Tage gab, an denen alles auf einmal passierte. Er sollte jeden Moment das Unerwartete erwarten.

Mrs. Lovelace war verzweifelt gewesen, als er sie mit einem Platten am Straßenrand gefunden hatte. Da sie keinen Handyempfang hatte, um Hilfe zu rufen, und absolut keine Ahnung hatte, wie man einen Reifen wechselte, war sie mehr als glücklich gewesen, ihn anhalten zu sehen. Vor drei Monaten hatte er einen Kriminellen zu seiner Gerichtsverhandlung eskortiert, und heute schickte er Pudel zur Hundeausstellung.

Es war ein wenig gewöhnungsbedürftig, und als er

in die Stadt fuhr, fragte sich Zane, ob er sich jemals daran gewöhnen würde.

Er war überrascht doch erfreut, Rose vor dem Büro des Sheriffs stehen zu sehen, als er vorfuhr. Genau wie beim ersten Mal, als er sie vor all den Jahren gesehen hatte, erwachte sein Beschützerinstinkt. Als er sie das erste Mal getroffen hatte, war sie eine verängstigte junge Frau gewesen, die Zeugin eines Mordes geworden war. Es hatte keine Hysterie und kein Drama gegeben. Sie war mit leiser Stimme vorgetreten und hatte ihre Geschichte erzählt, obwohl sie sichtlich erschüttert gewesen war. Er hatte sie sehr dafür bewundert, dass sie als Zeugin aufgetreten war, wo es für sie viel einfacher gewesen wäre ... sicherer, so zu tun, als hätte sie nichts gesehen.

„Warum bist du hier?", fragte sie ohne Einleitung.

Die Wut in ihrer Stimme ließ ihn aufhorchen. Obwohl es verdient und erwartet war. Er trat auf den Bürgersteig und schloss seine Tür hinter sich, während er nach den richtigen Worten suchte. Sie redete weiter.

„Du kannst mir nicht sagen, dass es ein Zufall ist, dass du hier aufgetaucht bist. Mule Hollow ist einfach zu klein. Zu weit weg vom Schuss. Und warum nach all den Jahren?"

In ihren Augen lag eine Wildheit, die er noch nie zuvor gesehen hatte. Er hatte gewusst, dass er nicht willkommen sein würde. „Ich musste kommen und versuchen, das zwischen uns in Ordnung zu bringen."

Sie warf ihm einen angewiderten Blick zu. Er hatte sich gesagt, dass er auf diese Reaktion vorbereitet war, doch das war er nicht. Die schöne, süße Rose, die so feindselig aussah, brach ihm das Herz. Wie konnte er erwarten, dass sie verstand, was er getan hatte? Warum er es getan hatte? Er hatte ihr nie eine Erklärung dafür gegeben, warum er gegangen war. Bis zu diesem Moment war ihm nicht bewusst gewesen, dass er tief in seinem Inneren gehofft hatte, dass sein Weggang keine Wirkung auf sie gehabt hatte. Zu wissen, dass er sie so verbittert hatte, war schwer zu ertragen.

„In Ordnung bringen?", schnaubte sie schließlich. „Warum jetzt, Zane? Das ist lange her und gerade du solltest wissen, dass ich nicht in der Vergangenheit lebe. Schließlich hast du mir die Kunst beigebracht, mit einer Lüge zu leben."

„Das war mein Job. Es war, um dich zu schützen, und du weißt das. Eine neue Identität anzunehmen war der einzige Weg. Du musstest es tun, sonst wärst du vielleicht getötet worden, bevor du gegen diesen Schläger Lawton ausgesagt hast." Er wusste, dass das nicht wirklich das war, was sie hören wollte, doch er musste das klarstellen. Es war nicht die Tatsache, dass er sie beschützt hatte, für die er Vergebung suchte. Sein

Eid verlangte von ihm, die in seiner Obhut zu beschützen, doch bei Rose war es so viel tiefer gegangen. Vom ersten Tag an, als er sie kennengelernt hatte, war er dem Untergang geweiht gewesen.

Als ihm Roses Fall zugeteilt worden war, war es seine Aufgabe gewesen, ihr ihre Optionen zu erklären. Er hatte erklärt, dass sie an dem Programm teilnehmen sollte oder riskierte, getötet zu werden, bevor sie aussagen konnte. Rose hatte sein Herz berührt mit der Art, wie sie sich gehalten hatte. Naiv, ohne zu verstehen, was es sie kosten würde, stimmte sie zu, alles Notwendige zu tun, damit der Gerechtigkeit Genüge getan würde. Sie hatte nicht gewusst, dass ihre kranke Großmutter sich weigern würde, mit ihr in das Programm zu gehen. Es war ein verheerender Schlag für Rose gewesen. Er musste an der Tür stehen und zusehen, wie ihre Großmutter sie wegschickte. Sie hatte zu Recht geglaubt, dass ihre Krankheit es leichter machen könnte, Rose aufzuspüren. Es hatte Rose fast umgebracht, sich zu verabschieden, aber es war der Wunsch ihrer Großmutter, dass Rose in Sicherheit war. Und wider besseres Wissen wurde sein Job zum ersten Mal in seinem Leben persönlich.

Es ging über seinen Eid hinaus, über das Versprechen an ihre Großmutter, dass er sie um jeden Preis beschützen würde … er hatte sich in Rose verliebt, in ihre Prinzipien, in ihre Loyalität. Und sie hätte deswegen fast ihr Leben verloren.

„Ich habe getan, was getan werden musste, um dich zu schützen", sagte er. Und es war wahr, sogar bis zu dem Punkt, an dem er sie verlassen hatte. Wofür er sich entschuldigen musste, war, sie in Gefahr gebracht und sich nicht verabschiedet zu haben.

Rose starrte Zane an. Ihn sagen zu hören, dass er getan hatte, was er für das Beste hielt, um sie zu retten, traf sie tief. Wie konnte es nach all den Jahren noch so weh tun?

„Wir müssen ein paar Dinge klarstellen", sagte sie und hörte die Bitterkeit in ihrer Stimme. „Hast du jemandem erzählt, dass wir uns kennen?" Wenn es niemand wusste, hatte sie vielleicht etwas mehr Zeit, sich über alles klarzuwerden. Aber sie musste wissen, ob er von Max wusste und ihn suchte.

„Nein", sagte er und schloss die Tür auf. „Lass uns reingehen." Rose wollte nicht mit ihm allein sein.

Doch was sie zu sagen hatte, sollte besser nicht auf der Straße diskutiert werden, also nickte sie.

Sie weigerte sich, ihn sehen zu lassen, dass sie um Fassung rang. Doch in seine bernsteinfarbenen Augen mit den goldenen Flecken zu blicken, machte es fast unmöglich. Sie war sich sicher, dass jeder in Mule

Hollow sehen würde, dass Zane Cantrell seinem Sohn seine unverwechselbaren Augen vererbt hatte.

Und als ob das nicht genug wäre, hatte Max sein vernichtendes Lächeln genauso geerbt.

Rose wurde schlecht, und ihre Beine trugen sie kaum lange genug, um an Zane vorbei zu dem Stuhl vor seinem Schreibtisch zu gehen. „Ich habe hier ein neues Leben angefangen, Zane", brachte sie hervor, während sie sich auf den Stuhl sinken ließ. „Dieses hier ist echt. Ich will nicht an meine Vergangenheit erinnert werden. An die Lügen. Mein Sohn weiß nicht, dass ich einmal im Zeugenschutzprogramm war, und ich hatte gehofft, dass es so bleibt. Ich wollte, dass er … eine Identität hat. Seine wahre Identität." Nur kannte er seine wahre Identität nicht.

Rose atmete scharf ein. Ihr Blut pochte in ihren Schläfen. Bis Zane aufgetaucht war, hatte sie so tun können, als ob Max die Wahrheit nicht wissen musste.

Zane setzte sich auf die Schreibtischkante und blickte auf sie hinab. Trotz allem zwischen ihnen war ihr Inneres von der Anziehungskraft der Emotionen verknotet. Oh, wie sehr sie diesen Mann geliebt hatte, bevor er sie verlassen hatte.

Abrupt ging er vom Schreibtisch zum Fenster und stand mit dem Rücken zu ihr da und starrte hinaus.

Wusste er es?

KOMM ZU MIR ZURÜCK, COWBOY

Sie war sich nicht sicher, inwieweit die US-Marshalls Zeugen im Auge behielten, nachdem es als sicher erachtet wurde, in die Welt, wie sie sie kannten, zurückzukehren. Und sie war sich nicht sicher, auf wie viele Informationen ein dem Fall zugewiesener Ranger Zugriff haben würde. Wie viel von ihrem Leben, seit sie sich das letzte Mal gesehen hatten, war Zane bekannt?

Seine breiten Schultern blieben steif, während Momente vergingen und er aus dem Fenster starrte. Als er sich wieder ihr zuwandte, verriet sein Gesichtsausdruck nichts. Er schritt an ihr vorbei und nahm seinen Platz hinter dem Schreibtisch ein.

„Ich bin mir nicht sicher, ob ich verstehe, warum du deine Vergangenheit geheim hältst", sagte er schließlich. „Was du getan hast, war eine mutige Sache. Darauf kann man stolz sein. Da keine Bedrohung mehr besteht, stellt es keine Gefahr dar, wenn jemand die Wahrheit erfährt."

Er wusste es nicht! Erleichterung überkam Rose bei der Erkenntnis. Sie fühlte sich plötzlich benommen und schloss die Augen.

„Geht's dir gut?"

Erschrocken von der Sorge in seiner Stimme öffnete sie die Augen und nickte. „Ja", sagte sie und versuchte, ihre Gefühle in den Griff zu bekommen. Er wusste nicht, dass Max sein Sohn war. Wenn er es täte, würde er verstehen, dass sie nicht all die Jahre ihr Leben im Zeugenschutzprogramm geheim gehalten hatte.

Sie hatte sich vor ihm versteckt.

Er musterte sie, seine scharfen Augen suchten die Wahrheit in ihrem Gesicht. „Schau, Rose. Ich bin auch hierhergekommen, in der Hoffnung, neu anzufangen. In der Hoffnung, dass wir –"

Bei seinem Eingeständnis schlug ihr verräterisches Herz ein wenig schneller. Es ärgerte sie umso mehr. „‚Wir'", keuchte sie. „Es gibt kein *Wir*. Wird nie ein *Wir* geben."

„Wir" ist an dem Tag gestorben, an dem du mich zurückgelassen hast ... allein.

Der Muskel in seinem Kiefer zuckte, und sein Blick verfinsterte sich.

„Ich verstehe", sagte er nach einem langen Moment. „Hierherzukommen und zu sehen, dass es dir gut geht, hat sich gelohnt. Ich würde niemals etwas tun, um dein Glück zu gefährden."

Sie wollte ihm so viel sagen. Doch sie würde es nicht tun. Sie hatte geglaubt, sie sei zu verbittert ... doch jetzt erkannte sie die Wahrheit. „Ich hoffe nicht. Aber wie du dich vielleicht erinnerst, habe ich nicht viel Vertrauen in das, was du sagst."

Sein Gesichtsausdruck wurde hart. „Ich habe getan, was ich für richtig gehalten habe, als ich neu zugewiesen wurde. Ich war überzeugt, es würde dich beschützen. Ich würde es immer wieder tun, wenn ich das Gefühl hätte, dass es die beste Wahl ist."

Sie sprang auf, Emotionen schossen wie Pfeile auf sie zu. „Ich habe dir *vertraut*, Zane. Weißt du überhaupt, was das bedeutet?" Sie schämte sich, als sie bemerkte, dass sie vor seinen Augen zerfließen würde. „Ich kann das nicht. Ich musste nur die Karten auf den Tisch legen. Bleib weg von mir und meinem Sohn. Wie gesagt, Max hat keine Ahnung von meinem Leben im Zeugenschutzprogramm. Ich habe mich entschieden, es ihm nicht zu sagen, weil wir mehr als genug Mist durchgemacht haben und ich das Gefühl habe, mein ganzes Leben im Versteck verbracht zu haben. Ich wollte nicht, dass er sich so fühlt. Dass du hierhergekommen bist, wird alles nur wieder verschlimmern." Sie schloss die Augen und kämpfte gegen die Angst vor dem an, was kommen würde, wenn er blieb. Es war eine unmögliche Situation. „Bleib weg", brachte sie hervor, als sie zur Tür ging.

Zane war augenblicklich neben ihr und streckte seine Hand aus, um ihr die Tür zu öffnen. Er überraschte sie mit seinem entschuldigenden Lächeln … Max' Lächeln.

„Das kann ich nicht, Rose. Ich bin es dir schuldig, es zu erklären. Damit du siehst –"

„Ich will nichts von dir. Für Erklärungen ist es zu spät." Da war das klar genug. Mit steifem Rücken ging sie aus der Tür. Doch sie wusste, als sie in ihr Auto stieg und Zanes unerschütterlichem Blick durch die Windschutzscheibe begegnete, dass es egal war, was sie wollte. Das war es immer gewesen. Zane würde tun, was er wollte, und sie würde die Konsequenzen tragen.

KAPITEL VIER

„Bist du okay, Mom?", fragte Max, als sie am nächsten Morgen aus dem Auto stiegen und auf die Kirche zugingen.

„Mir geht's gut. Nur ein bisschen müde, glaube ich", sagte Rose und hatte das Gefühl, direkt auf eine Katastrophe zuzumarschieren. Sie hätte es Max gestern Abend sagen sollen. „Ich war lange auf, um Sirup für das Gelee zu machen."

Und habe mir Sorgen gemacht – aber sie behielt diesen Gedanken für sich, als sie zu ihrem Sohn aufsah. Selbst in diesem Alter war es offensichtlich, dass er ein großer, schlanker Mann werden würde, genau wie … sein Vater. All die Jahre hatte sie versucht, so zu tun, als würde sie Zane nicht jedes Mal sehen, wenn sie Max ansah, aber das war unmöglich. Und heute, mit jedem Schritt, den sie in Richtung der kleinen

Menschenmenge machte, die sich auf dem Rasen vor der Kirche versammelt hatte, stand ihre Welt am Rande des Zusammenbruchs.

Was würde Max sagen, wenn er merkte, dass sie ihn angelogen hatte? Allein der Gedanke daran machte sie krank. Ihre Haut war klamm, und ihr Magen rebellierte, als wäre sie auf einem Floß auf hoher See. Als sie Zane zwischen ihren Freunden stehen sah, legte sie ihre Hand an ihren Bauch in einem vergeblichen Versuch, die Übelkeit zu unterdrücken. Sie hatte sein Büro am Tag zuvor verlassen und gewusst, dass sie eine öffentliche Konfrontation keineswegs ausgeschlossen hatte. Sie würde gerne denken, dass selbst wenn Zane die Wahrheit erkennen würde, er keine Szene machen würde … doch sie kannte ihn nicht wirklich. Es war dumm von ihr, doch sie dachte wirklich nicht klar. Wie sollte eine Frau ihrem Sohn so etwas sagen? Sie betete, dass Gott ihr helfen würde, sich darüber klar zu werden. Bisher war am Ende des langen, dunklen Tunnels, in dem sie sich befand, kein Licht erschienen.

„Hey, da ist Gil. Ich seh dich später." Max lief davon.

Sie sah ihm nach und fühlte sich erleichtert, da sie wusste, dass das Unvermeidliche für ein paar Minuten aufgeschoben worden war. Warum hatte sie keinen Weg gefunden, es ihm zu sagen?

„Rose, hier drüben!", rief Norma Sue und winkte sie herüber.

Rose hielt inne und grub ein Pfefferminzbonbon aus ihrer Handtasche. Es war ihre einzige Ausrede dafür, nicht weiter auf Zane zuzugehen. Pfefferminze war auch gut für einen mulmigen Magen. Ihre Finger zitterten, als sie das Bonbon auspackte und in ihren Mund steckte. Leider brachte es keine sofortige Beruhigung für ihre Nerven. Esther Mae und Norma Sue winkten sie jetzt gemeinsam vorwärts, mit großen Gesten wie Verkehrspolizisten. Sie nickte und schließlich schloss sie, da sie nichts anderes vorschieben konnte, die Augen, betete um Führung – oder besser um Eingreifen – und zwang sich dann, den Rasen zu überqueren.

Du kannst das tun, redete sie sich selbst gut zu. Sie *würde* es tun. *Konnte* es tun.

Tief Luft holen. Noch einmal holte sie tief Luft und ging weiter. Entscheidungen aus der Vergangenheit hatten Konsequenzen – die Wahrheit verschwiegen zu haben war ihre eigene Entscheidung gewesen. Sie hatte fast ihr halbes Leben hinter einer Maske der Täuschung verbracht, und so sehr sie es auch hasste, sie würde es noch ein bisschen länger tun, wenn es bedeutete, noch einen Moment länger an ihrem und Max' Scheinleben festzuhalten.

Sie konnte nicht anders, als daran so lange wie möglich festzuhalten, denn sie hatte Angst davor, wie sich ihre Beziehung für immer verändern würde, wenn er erfuhr, dass sie ihn angelogen hatte.

Zane hatte beobachtet, wie sie sich näherte, doch sie hatte den Blick von ihm abgewandt. Seinem wachsamen Blick zu begegnen würde ihr Unwohlsein nur noch verschlimmern – sich auf dem Kirchenrasen zu übergeben war nicht ihre Absicht. Gott sei Dank für die Pfefferminze, obwohl ihr klar wurde, dass sie sich wirklich viel von dem kleinen Bonbon versprach.

„Guten Morgen", sagte sie, froh, dass ihre Stimme halbwegs normal klang. Sie wich weiterhin Zanes durchdringendem Blick aus, der sie fixierte. Natürlich hatte er keine Ahnung von der potentiell explosiven Natur ihres Treffens hier auf dem Rasen der charmanten Kirche auf dem Land.

Rose musterte die kleine Menge. Wer würde ihr Geheimnis zuerst entdecken? Wer würde die Ähnlichkeit sehen? Die Frage hing über ihr wie der Schatten eines Monsters – wer würde sie unwissentlich entlarven?

„Wie fühlst du dich heute?", fragte Esther Mae. Sie trug einen Pillbox-Hut mit Gänseblümchen und Sumpfdotterblumen, und Rose konzentrierte sich auf die Blumen. Es war ein sehr dezenter Hut im Vergleich zu Esther Maes breitkrempigen Lieblingshut mit großen lila Federn. Leider lenkten die Gänseblümchen Rose nicht genug für ihre Bedürfnisse ab.

„Wie ich mich fühle?", fragte sie und versuchte, sich darauf zu konzentrieren, warum sie sie fragten, wie sie sich fühlte.

„Ja, du hast gestern so schnell die Babyparty verlassen, dass wir befürchtet haben, du könntest dir einen Virus oder sowas eingefangen haben."

„Oh das." Sie war außer Atem und warf Esther Mae einen – wie sie fürchtete – erbärmlichen Versuch eines Lächelns zu. „Gut. Es geht mir gut. Wirklich", stammelte sie, während ihr verräterischer Blick zu Zane glitt.

Er wirkte entspannt in der Gruppe, doch sie sah die scharfe Wachsamkeit in den Augen seines Gesetzeshüters und wusste, dass er viel tiefer blickte. Sie wusste, dass er sah, dass sie ein Nervenbündel war. Er wusste nur nicht warum. Sie blickte von Esther Mae zu Norma Sue.

„Kein Virus hier." Sie zwang sich zu einem Lachen, das genauso klang wie das nervöse Lachen, das es war. „Nur noch eine Kiste Kaktusfeigengelee, die ich fertigmachen musste", sagte sie unbeschwert, obwohl sich ihre Knie in Wirklichkeit anfühlten wie Wackelpudding und sie das dringende Bedürfnis hatte, sich hinzulegen. Nein, was sie brauchte, war ein bisschen Rückgrat.

„Zane, du musst auf jeden Fall Roses Gelee probieren", sagte Norma Sue. „Sie ist gut genug, um einen erwachsenen Mann zum Weinen zu bringen …"

„Das ist die Wahrheit", schwärmte Esther Mae. „Unsere Rose ist *der* Fang in diesem County. Jeder Cowboy mit einem bisschen Hirn unter seinem Stetson, würde sie sich sofort schnappen!"

„Ach so?", fragte Zane, ein Schmunzeln unterstrich seine Worte. Seine ernsten Augen funkelten.

Die Hitze der Demütigung loderte auf Roses klammer Haut. Es könnte nicht schlimmer kommen. Aber natürlich wusste sie, was kommen würde.

Norma Sue versuchte nicht einmal, ihren Kuppelversuch diskret anzugehen. „Tatsächlich ist Rose gerade auf ihre eigene Farm da draußen gezogen. Es wäre wahrscheinlich eine gute Idee, ihr Land genau im Auge zu behalten, wenn Sie Ihre Runde machen. Nachdem sie eine alleinstehende Frau ist und so."

„Nein!", protestierte Rose. „Norma, ich bin durchaus in der Lage, auf mich selbst aufzupassen", stammelte sie über das Bonbon in ihrem Mund.

Zane hatte sein Pokerface aufgesetzt, doch sie konnte sehen, dass er amüsiert war, als er die Arme verschränkte und sie musterte. So, wie er es früher getan hatte. Vor all den Jahren, als sie sich zum ersten Mal begegnet waren und sie eine idealistische, naive Zwanzigjährige gewesen war und er ihr von den Behörden zugewiesener Beschützer. Was war das für eine Lüge gewesen. Es brachte ihre Temperatur zum Kochen, und ihre Wirbelsäule versteifte sich.

„Deputy Cantrell wird keinen Grund haben, bei mir vorbeizuschauen, das kann ich euch versichern." Sie warf ihm einen kühlen Blick zu, der Esther Mae zum Keuchen brachte, und Norma Sue runzelte bestürzt die Stirn. Seit sie nach Mule Hollow gekommen war, war sie nur dankbar und begeistert gewesen, hier zu sein. Sie mochte diese Seite an sich nicht und schätzte Zane nicht dafür, dass er hierhergekommen war und sie zum Vorschein brachte.

„Wenn du Hilfe brauchst, ruf einfach an", sagte Zane, als hätte er ihren Protest nicht gehört. „Ich werde für dich da sein. Das verspreche ich."

Oh, sicher, genau wie zuvor. Roses Übelkeit ging nahtlos in Wut über. „Ich bin sicher, ganz Mule Hollow kann aufatmen im Wissen, dass du ach-so-zuverlässig bist", spie sie praktisch. Ihr Sarkasmus war so untypisch für sie, dass Esther Mae erneut nach Luft schnappte.

„W-werden wir ganz bestimmt", sagte Norma Sue, die endlich die für sie untypische Sprachlosigkeit überwunden hatte. Sie blickte von Rose zu Zane und grinste so breit, dass ihre prallen Wangen fast ihre Augen berührten. „Wir haben Zane gerade erzählt, dass er uns an jemanden erinnert. Was denkst du?" Sie stemmte ihre Hände in ihre üppigen Hüften und musterte ihn aufmerksam. „Hast du irgendwelche Ideen, Rose?"

Roses Herz verkrampfte sich, als ihre Angst alles andere verdrängte. Das war's. Die Ähnlichkeit mit Max war nicht zu übersehen, nicht nur sein Lächeln und seine Augen, sondern auch seine Haltung, seine Stimmlage … Auf keinen Fall – auf keinen Fall – war sie die einzige, die das sah! Was sollte sie sagen?

Zanes Mundwinkel hoben sich. „Applegate, Stanley und Sam haben das auch schon erwähnt. Ich denke, ich habe einen Zwilling."

Rose biss die Zähne zusammen und saugte das Pfefferminz direkt in ihre Luftröhre!

Sie keuchte, und ihre Augen tränten.

Norma Sue klopfte ihr auf den Rücken. „Bist du okay?"

„J-ja", keuchte sie, als ihre Gedanken wirbelten. Sie musste handeln. Musste etwas tun, bevor sie es auf der Stelle herausfanden. Sie brauchte noch etwas Zeit. „Oh Gott, es ist Zeit für den Unterricht", sagte sie und packte Zanes Arm. „Komm mit mir. Ich zeige dir unser Klassenzimmer. Ich bin sicher, Sheriff Brady hat dir schon gesagt, dass er der Lehrer der Singleklasse ist", sagte sie und zog ihn mit. „Bis dann, Ladys", rief sie über ihre Schulter und sah dann Zane stirnrunzelnd an. Er sah sie an, als hätte sie den Verstand verloren.

Die aufgeregten Stimmen der alten Damen wehten hinter ihnen her. „Oh, Norma, das ist perfekt!", rief Esther Mae. „Sehen sie nicht süß zusammen aus?"

„Natürlich."

Die Verwirrung und Neugier in Norma Sues Stimme ließ Rose schaudern, doch sie zog Zane weiter den Weg entlang. Sie ignorierte die Überraschung, die sie in seinen Augen gesehen hatte. Sie wusste genau, dass es das Letzte war, was er erwartet hatte. Er war durch und durch ein Gesetzeshüter und musste sich fragen, warum sie sich so unberechenbar verhielt.

Sie musste sich zusammenreißen. Doch sie konnte auch nicht einfach nur dastehen und warten, während Norma und Esther eins und eins zusammenzählten. Das war alles, was ihr eingefallen war. „Sieh mich nicht so an", blaffte sie und zog ihn mit wenig Widerstand weiter.

„Und wie wäre das?"

„Als hätte ich meinen Verstand verloren."

Er lachte, ein leises Grollen, das ihre Sinne durcheinander brachte. „Hast du?"

Sie drehte sich ein paar Meter vor dem Eingang des

Nebengebäudes zu ihm um. „Nein. Das habe ich ganz bestimmt nicht", zischte sie und beugte sich vor, damit niemand es hörte. „Du weißt sehr gut, dass es dein spontaner Besuch ist, der mich fast an meinem Pfefferminz ersticken und mich schwitzen lässt. Und mich benehmen lässt wie ein ungezogener –"

„Rose. Beruhige dich."

„Sag nicht, dass ich mich beruhigen soll. Du bist in mein Leben geplatzt. Mein Zuhause. Ohne Rücksicht auf das Leben, das ich hier aufbaue."

„Rose, es tut mir leid."

Er packte sie bei den Schultern, und sie erstarrte bei seiner Berührung; seine Handflächen waren warm auf ihrer nackten Haut und ließen sie erschaudern.

„Ich habe versucht, es zu erklären. Du hast mich nicht gelassen. Würdest du mich ansehen? Bitte."

Widerstrebend tat Rose, was er verlangte. Es war ein schlechter Schachzug, denn als sie Zane ansah, glaubte sie fast, dass er es ernst meinte. Und wenn sie eines über Zane Cantrell gelernt hatte, dann, dass er es nicht ernst meinte.

Selbst nach all dieser Zeit hatte die Erkenntnis die Fähigkeit, ihr den Atem zu rauben. Es störte sie, dass er immer noch diese Macht hatte.

„Wir müssen reingehen", sagte sie. Sie entzog sich seiner Berührung, riss die Tür auf und ging ihm voraus in das Gebäude.

Das Kartenhaus, das ihr Leben war, brach zusammen, und sie wusste nicht, was sie tun sollte.

* * *

Brady war der Erste gewesen, der Zane in die Kirche eingeladen hatte, als er in der Stadt angekommen war. Zane versuchte, sich auf die Lektion zu konzentrieren, die Brady vortrug, doch es war nutzlos, weil er nur daran denken konnte, dass Rose ihn hasste.

Er war sich nicht sicher, warum sie ihn überhaupt mit in die Klasse gezerrt hatte. Nicht, wo doch klar war, dass sie wahrscheinlich lieber von einer Klippe gesprungen wäre.

Die Bitterkeit dieser Frau hatte epische Ausmaße.

Dass sie beinahe eine Auseinandersetzung vor der Kirche gehabt hätten, war etwas, worauf er nicht vorbereitet gewesen war. Die Rose, die er kannte und liebte, war idealistisch, warmherzig gewesen – temperamentvoll, ja, aber unglaublich sanftmütig. Er kannte die Rose nicht, die jetzt starr neben ihm saß.

Zuvor hatte er sie und ihren Sohn beobachtet, als sie aus ihrem Auto gestiegen und dann über den Kiesparkplatz zur Kirche gegangen waren. Schon da hatte sie nicht glücklich ausgesehen. Obwohl er ihren

Sohn nicht genau gesehen hatte, bevor er im Nebengebäude verschwunden war, war er überrascht gewesen, wie groß der Junge war. Er musste zugeben, dass es schwer gewesen war, zu sehen, dass Rose einen Sohn im Teenageralter hatte. Sie mit einem Kind zu sehen, war eine weitere Erinnerung an all die Jahre, die Zane törichterweise hatte verstreichen lassen. Er hatte das ungute Gefühl, dass sein Umzug nach Mule Hollow vergebliche Liebesmüh war, und dass es keine Versöhnung zwischen ihm und der einzigen Frau geben würde, die er je geliebt hatte.

Er hatte gewusst, dass es nicht leicht werden würde, als er nach ihr gesucht hatte. Und er hatte Recht gehabt.

KAPITEL FÜNF

Als Brady das letzte Gebet beendet hatte, verließ Rose das Klassenzimmer. Der Flur war voll, als alle zu den Ausgängen gingen, bevor sie zum Morgengottesdienst den Weg zur Vorderseite der Kirche hinaufgingen. Rose begrüßte jeden, den sie musste, doch sie wollte unbedingt raus und nach Hause. Keine Kirche für sie heute. Sie hatte erkannt, dass sie so nicht weitermachen konnte.

Sie musste Max nach Hause bringen und ihm die Wahrheit sagen.

Ihre Kehle schnürte sich zu, als sie daran dachte, was er tun würde. Sie hatte ihn wegen eines der wichtigsten Dinge in seinem Leben angelogen. Rose wusste jetzt, dass sie das Risiko nicht eingehen konnte, dass es herauskam, bevor sie Gelegenheit hatte, es ihm zu sagen. Vielleicht war sie nur paranoid, weil sie dachte, irgendjemand anders als Zane könnte eins und eins zusammenzählen. Wer sollte das tun? Niemand wusste, dass sie sich vorher gekannt hatten. Doch so irrational es auch war, die Angst wuchs in ihr.

Guter Gott, hilf mir, betete sie, als sie nach draußen ging. *Hilf mir.* Sie fühlte sich wie eine Heuchlerin, die um Hilfe bat, obwohl sie in allem, was sie getan hatte, so falsch gelegen hatte.

Sie konnte Zane hinter sich an der Tür Leute grüßen hören. Der Mann war erst seit ein paar Tagen in der Stadt und schien schon alle zu kennen. Sie sah sich um und suchte nach Max. Sie musste zu ihm. Da sie ihn nicht sah, drehte sie sich um, um in der Menge hinter sich zu suchen. Kein Max. Stattdessen sah sie Zane direkt an. Er war nur wenige Zentimeter von ihr entfernt, und seine Augen waren besorgt.

„Wir müssen wirklich reden", sagte er leise und beugte sich vor. „Es muss nicht so zwischen uns sein."

Sie schluckte schwer. Er hatte keine Ahnung von dem Gewicht, das auf ihr lastete. Bevor sie noch etwas sagen konnte, waren Esther Mae und Norma Sue wieder bei ihnen.

„Zane, ju-hu!", sagte Esther Mae und winkte, als sie vor Norma Sue pflügte. „Wir mussten dich nur noch einmal ansehen. Wir sind uns zu hundert Prozent sicher, dass du jemandem hier ähnlich siehst, aber es will uns einfach nicht einfallen." Sie blieben stehen und musterten ihn, als wäre er das neueste Exponat einer Kunstausstellung.

Rose wollte *Feuer* schreien, um wegzukommen. Alles, um zu verhindern, dass sie es herausfanden. Ihr Blick wanderte von ihnen zu Zane. Seine goldenen Augen funkelten, als er die älteren Damen anlächelte. Roses Adrenalin pumpte, sodass sie kaum atmen konnte. Dann sah sie aus dem Augenwinkel Applegate und Stanley aus dem Nebengebäude kommen. Sie eilten direkt auf sie zu. Rose stöhnte, weil ihre scharfen Augen auf Zane gerichtet waren, als sie vor ihm stehen blieben. Und ihr Alptraum würde bald wahr werden, denn auch Max und sein Freund Gil kamen aus dem Nebengebäude.

„Ich habe es dir gesagt, Stanley. Ich habe es dir gesagt", sagte Applegate. „Siehst du es nicht? Schau genau hin. Es ist unheimlich. Das ist es."

Stanley kratzte sich an seiner kahlen Stelle, und seine Augen weiteten sich. „Na, was sagt man dazu? Du hast Recht, App."

Beide Männer sahen von Zane zu Max, der sich Rose und dem Rest der sich versammelnden Menge näherte. Rose war auf dem Weg zum Rand der Niagarafälle. Es gab nichts Menschenmögliches, was sie tun konnte, um damit aufzuhören, über den Rand zu gehen.

Max und Gil blieben vor Zane stehen. Ohne sich der Blicke aller bewusst zu sein, sahen beide Jungen Zane ehrfürchtig an. Max' Augen glitzerten golden im Sonnenlicht. Er hätte genauso gut ein Schild tragen können, das seine Identität verkündete.

„Sie müssen der neue Deputy sein. Der *Texas Ranger*. Das ist Gil und ich bin Max." Er lächelte Zane offen an. Die Bewunderung in seinen warmen Augen verursachte einen tiefen Schmerz in Roses Herz. Ihr Sohn hatte gerade seinen Vater kennengelernt, und er hatte keine Ahnung … Scham stieg in ihr auf. Max glaubte, dass sein Vater ein zwielichtiger Typ war, dem sie entkommen und vor dem sie sich dann jahrelang hatten verstecken müssen, bis er schließlich aufgehört hatte, sie zu jagen. Er war ein Mann, für den man sich schämen und fürchten musste.

Und jetzt sollte Max erfahren, dass seine Mutter eine Lügnerin war. Guter Gott, was habe ich getan?

Esther Maes Keuchen war laut genug, um Blicke aus den entlegensten Winkeln der Welt auf sich zu ziehen. Neben ihr blieb Norma Sues Mund offen stehen. Rose fühlte sich schwach und musterte schnell die versammelte Gruppe. Applegate und Stanley gafften ebenfalls. Natürlich wusste keiner von ihnen genau, was sie sahen – sie bemerkten nur die verblüffende Ähnlichkeit.

Doch sie wusste, dass Zane, erstarrt, mit offenem Mund, mit gerunzelter Stirn über fassungslosen Augen, genau wusste, was er sah: Seinen Sohn.

Rose zweifelte nicht daran, dass *er* wusste, was er sah, als er seinen Blick von Max löste und sie ansah.

„Mom, hey", sagte Max und unterbrach ihre Gedanken. „Geht's dir nicht gut? Du siehst so blass aus."

Rose packte seinen Arm. „Ich – ich muss nach Hause", stammelte sie, zog ihn einen Schritt zurück und begegnete seinen besorgten Augen.

„Sicher. Vielleicht hast du dir irgendwas eingefangen oder so. Bis später", sagte er und warf einen Blick auf die versammelte Gruppe.

Rose tat dasselbe und übersah nicht die verblüfften Blicke.

„Brauchst du Hilfe?", fragte Esther Mae, wie einige andere auch. „Vielleicht könnte Zane dich nach Hause fahren. Du siehst aus, als würdest du gleich ohnmächtig werden."

„Nein!" Das Letzte, was sie brauchte, war Zanes Hilfe. Und ein Blick auf seinen dunklen Gesichtsausdruck verriet ihr, dass sich ein Sturm zusammenbraute, wie sie ihn noch nie zuvor gesehen hatte. „Ich komme schon klar." Sie klammerte sich an Max' Arm, als sie zum Parkplatz gingen. Sie konnte spüren, wie sich Zanes Augen in ihren Rücken bohrten, und war dankbar, dass er sich entschieden hatte, keine Szene zu machen.

„Die haben aber alle komisch geschaut", sagte Max, als sie ins Auto stiegen. „Man könnte meinen, sie haben noch nie zuvor eine kranke Frau gesehen. Bist du sicher, dass du fahren kannst?"

Rose nickte und bewies es, indem sie den Schlüssel ins Zündschloss steckte und drehte. Ihre Hände zitterten, als sie den Rückwärtsgang einlegte, doch sobald sie den Parkplatz verließen, fühlte sie sich etwas besser. Nur für einen Moment von Zane wegzukommen, war eine Erleichterung.

„Hast du den Gesichtsausdruck von Ranger Cantrell gesehen?", fragte Max. „Er sah irgendwie beängstigend aus. Einen Moment dachte ich, ich hätte etwas falsch gemacht."

Rose fuhr über ein Schlagloch, und das Auto schlingerte. „Entschuldigung", keuchte sie, als sie und Max unsanft hin und her hüpften. „Du hast nichts falsch gemacht."

Max lachte. „Das ist mir gleich klar geworden, als ich dich angesehen habe. Wer hätte gedacht, dass ein Ranger Angst vor einer Frau haben würde, die sich übergeben muss!"

Rose lachte nicht, als sie Max ansah. Er war so glücklich.

KOMM ZU MIR ZURÜCK, COWBOY

Er begegnete ihrem Blick. „Mama, was ist los? Du siehst aus, als würdest du gleich weinen", sagte er, und das Lächeln verschwand sofort aus seinem Gesicht. „Mom?"

Rose atmete tief ein und heftete ihre Augen auf die Straße. Wie sollte sie ihm sagen, was wirklich mit Zane los war?

„Mom, bitte sag mir nicht, dass wir weggehen werden."

„Sind Sie okay?", fragte Applegate. Seine laute Stimme verstärkte das Pochen in Zanes Kopf. Es brachte ihn zurück in die Gegenwart, und er bemerkte, wie Norma Sue und Esther Mae miteinander tuschelten, während Applegate und Stanley ihn unverhohlen anstarrten. Sie hatten dasselbe gesehen, was er gesehen hatte. Doch offensichtlich kannten sie die Wahrheit nicht.

Sie verstanden nicht, dass es kein unheimlicher Zufall war, dass Max und er sich so ähnlich sahen. Ohne die Augen und das Lächeln hätten sie sich nur so geähnelt, wie es Menschen eben zufällig tun. Doch es waren die Cantrell-Augen und das Lächeln, die sie sprachlos gemacht hatten. Sie wussten nicht, dass die genetische Lotterie seit Generationen das gleiche magnetische Lächeln und die glitzernden, bernsteinfarbenen Augen allen Cantrell-Männern zugeteilt hatte.

Er hatte einen Sohn.

Rose hatte es nicht gesagt – sie musste es nicht. Max war sein Kind. Es war, als hätte er einer Teenagerversion seiner selbst in die Augen geblickt. Wie konnte das sein?

Sein Kopf hämmerte, als wollte er explodieren. Fast fünfzehn Jahre lang hatte er geglaubt, Rose sei die ehrlichste Frau, die er je getroffen hatte, und ihre Integrität war über jeden Zweifel erhaben. Wie hatte sie ihm das vorenthalten können? Er konzentrierte sich auf die Gruppe um sich herum. Konzentrierte sich darauf, die Emotionen zu unterdrücken, die an die Oberfläche drängten.

„Mir geht's gut", sagte er.

Stanley kratzte sich am Kopf. „Das ist jetzt aber was. Das wäre für mich auch ein Schock gewesen, jemanden zu sehen, der mein Gesicht hat."

„Oh ja", pflichtete Applegate bei. „Ich habe dir gesagt, dass er und Max sich wie ein Ei dem anderen ähneln. Es sind die Augen und dieses Lächeln."

„Ihr zwei könntet verwandt sein", sagte Esther Mae. „Norma Sue und ich waren wirklich einen Moment sprachlos."

„Und das ist verdammt lang für euch zwei."

Applegate zog eine buschige graue Braue hoch. „Im Ernst, das passiert sonst nie."

Stanley schüttelte den Kopf. „Aber Esther Mae hat Recht."

„Junge, haben Sie und Rose –" begann Norma Sue, dann klappte sie den Mund zu und wurde rot. „Vergessen Sie, dass ich das gesagt habe."

Zane ging bereits los und auf seinen Truck zu. Er hatte einen *Sohn*.

Einen halbwüchsigen Sohn. Und es war offensichtlich, dass Max genauso ahnungslos war wie er.

„Das Zeugenschutzprogramm", sagte Max sichtlich verwirrt.

Sie saßen in Gartenstühlen vor dem Haus. Weiter hatten Roses Beine sie nicht tragen können. Im Auto hatte sie ihm versichert, dass sie nicht gehen würden, sondern dass sie ihm etwas sehr Wichtiges zu sagen habe, aber dass es warten müsse, bis sie nach Hause kamen. Schließlich hatte sie sich gezwungen, es einfach zu sagen. Jetzt nickte sie und gab ihm einen Moment, um die Informationen zu verarbeiten.

„Aber das ist für Gangster, nicht wahr?"

„Nicht immer. Manchmal sehen unschuldige

Zuschauer etwas, das sie in Gefahr bringt, und müssen dann in das Programm gehen, um sich und ihre Familie zu schützen. Das ist mir passiert."

„Wow", sagte er, wobei Interesse die Verwirrung in seinen Worten ersetzte. „Du hast einen Mord gesehen? Hattest du Angst?"

Sie nickte wieder und schluckte den Kloß herunter, der sich in ihrer Kehle bildete.

„Und dann haben sie dich gesehen und versucht, dich zu töten? Wie im Film? Musstest du fliehen? Haben sie auf dich geschossen?"

Seine Fragen schossen wie eine Ladung Schrot auf sie zu. Sie musste ihre Hand heben, damit er innehielt. „So war es nicht", sagte sie. „Der Mann hat mich nicht wirklich gesehen. Ich bin zur Polizei gegangen und habe ihn bei einer Gegenüberstellung identifiziert."

„Cool", sagte Max. „Aber woher wusste er, dass du es warst, wenn er dich nicht gesehen hat?"

„Er war ein sehr böser Mann. Er hatte Verbindungen. Die Polizei hatte mir bereits erklärt, dass ich eventuell ins Zeugenschutzprogramm muss."

„Wow", sagte er noch einmal. „Das ist wie eine Episode von Walker, Texas Ranger!"

Obwohl Max die TV-Show geliebt hatte, hatte sie nie eine ganze Folge ansehen können, weil sie immer unangenehme Erinnerungen an Zane wachriefen. „In gewisser Weise", sagte sie und beantwortete dann einige seiner Fragen.

„Aber warum ist Oma nicht mitgekommen?" Roses Mutter war gerade nach der Highschool schwanger geworden und bei der Geburt gestorben. Sie hatte nie gewusst, wer ihr Vater gewesen war. Die einzigen Menschen, die sie in ihrem Leben hatte, waren ihre Großmutter und ihr Großvater, der gestorben war, als sie zehn Jahre alt gewesen war. Auch wenn ihre Großmutter vor Max' Geburt gestorben war, hatte Rose ihm viele Geschichten über sie erzählt. Nur nicht alle.

„Sie konnte sich nicht dazu durchringen, das Haus zu verlassen, in dem sie fast fünfzig Jahre gelebt hatte. Es war das Haus, das sie mit deinem Urgroßvater geteilt hat. Und alle ihre Freunde waren da."

„Aber hat sie dich nicht geliebt? Wollte sie nicht bei dir sein?"

„Das ist der schwierige Teil. Doch, das hat sie. Aber sie hatte auch gesundheitliche Probleme. Und sie hat befürchtet, dass ihre medizinischen Unterlagen den Mann, vor dem ich mich verstecken musste, irgendwie zu mir führen könnten."

„Oh. Aber schützen sie dich nicht vor all dem?"

„Doch, das tun sie, aber Dinge passieren. Wenn die Möglichkeit besteht, dass man gefunden wird, verstecken sie einen woanders. Für Gram wäre die

Umzieherei zu viel gewesen. Aber sie wollte, dass ich in Sicherheit bin. Sie zurückzulassen hat mich fast umgebracht. Auch jetzt fällt es mir schwer, daran zu denken. Aber der Texas Ranger, der mir geholfen hat, hat uns das alles erklärt, und das war die Entscheidung, die wir treffen mussten. Wir haben Briefe geschrieben. Sie wurden durch das Justizministerium geleitet, und als Gram wirklich krank geworden ist, durfte ich sie sehen, bevor sie starb."

Er sah fassungslos aus angesichts der Flut von Informationen.

Das arme Kind hatte keine Ahnung, dass es nur noch schlimmer werden würde.

„Also, sind wir noch drin?", fragte er. „Ich meine, versucht da draußen immer noch jemand, dich zu töten?"

Sie schüttelte den Kopf. „Nein. Wir sind jetzt sicher. Das war alles vor deiner Geburt. Der Mann, den ich ins Gefängnis gebracht habe, ist dort getötet worden, und so konnte ich meinen richtigen Namen wieder annehmen. Als ich David geheiratet habe, war ich etwa vier Monate lang aus dem Programm raus."

Er musterte sie, und sie konnte sehen, wie sein Verstand hinter seinen Augen arbeitete. „Also als wir immer wieder umgezogen sind – haben wir uns wirklich vor meinem Vater versteckt? Ist das alles echt?"

Sie nickte. Als er jung war, hatte sie ehrlich zu ihm sein müssen, dass sie sich vor David versteckten. Er musste wissen, dass er ihm nicht trauen und nie mit David irgendwo hingehen sollte, wenn er auftauchte und versuchte, ihn abzuholen.

„Das war leider auch so. Alles an deiner Vergangenheit ist echt." Roses Panik raubte ihr den Atem. „Außer …"

Er richtete sich auf, straffte seine Schultern und sah seinem Vater so ähnlich. Im Laufe der Jahre hatte sie sich jedes Mal, wenn er das getan hatte, Zane vorgestellt. Eines Tages würde diese Brust breit und stark sein, und dieser Junge würde aussehen, als könnte er die Welt auf seinen Schultern tragen.

„Du kannst es mir sagen, Mom. Ich kann damit umgehen", sagte er und spürte offensichtlich ihre Angst.

Sie schloss die Augen und betete, dass Gott in ihren Worten sein würde. Betete, dass er Max helfen würde, wenn er verstand, was sie ihm sagen musste. Eine Träne lief über ihre Wange, und sie wischte sie mit zitternden Fingerspitzen weg.

„Mama –"

Sie tätschelte seine Hand und winkte seine Sorge ab. „Hör zu, Max. Deputy Cantrell war der Texas Ranger, der mich beschützt hat, als ich in das Programm eingetreten bin …"

„Du hast ihn gekannt! Cool. Wusstest du, dass er hierher ziehen würde?" Dann trübte sich sein Gesichtsausdruck vor Verwirrung. „Aber warte, ihr habt nicht gesagt, dass ihr euch kennt."

„Nein. Er hat es niemandem erzählt, und ich wusste nicht, dass er hierherkommen würde, bis ich ihm auf der Straße begegnet bin. Ich habe mehr als vierzehn Jahre nicht mit ihm gesprochen. Nicht, seit er meinen Fall verlassen hat. Aber –" Sie hielt inne und holte tief Luft, „– ich war verwirrt und hatte Angst, als ich Zane gekannt habe. Und ich habe eine falsche Entscheidung getroffen. Ich war dem lieben Gott zu diesem Zeitpunkt auch nicht nahe … und ich habe mich verliebt – nein, ich habe *geglaubt*, ich hätte mich in Zane verliebt. Und du weißt, dass wir darüber gesprochen haben, dass du warten sollst, bis du dich verliebst und heiratest."

Er nickte. Sie wusste, dass es ihm unangenehm war, darüber zu reden, doch sie hatte darauf bestanden. Ihre Mutter hatte den Fehler gemacht und mit einem Jungen geschlafen. Und aufgrund ihrer Vergangenheit hatte sie es sich zur Priorität gemacht, ehrlich und offen in Bezug auf Beziehungen zu sein. Bisher hatte er nicht gewusst, dass ihre Offenheit aus eigener Erfahrung stammte. Sie sah ihn an und hielt inne. Wie konnte sie ihm sagen, dass sie einen Fehler gemacht hatte, der aber gleichzeitig ein Segen war?

Sprich weiter.

„Max. Was ich dir sagen will, ist, dass Zane dein Vater ist." Sie sagte die Worte, und die ganze Welt blieb stehen. Es herrschte Totenstille. Da war nichts als die Angst, dass sie gerade das Kostbarste in ihrem Leben verloren hatte. Das Vertrauen ihres Sohnes.

„Warte, mein Vater ist nicht ..." Er hielt inne, bevor er Davids Namen aussprach.

Sie hatte ihn früh genug von David weggebracht, und Max hatte schon lange aufgehört, David seinen Vater zu nennen. Max sprach nicht über ihn und hasste es, dass dieser Mann sie geschlagen hatte. Oh, wie sehr sie sich danach gesehnt hatte, Davids Namen aus Max' Geburtsurkunde zu streichen und Max die Wahrheit zu sagen.

„Nein, ist er nicht."

Max sprang vom Stuhl auf, die Fäuste an seiner Seite, als er sie anstarrte. „All die Jahre – du wusstest es! Du wusstest es die ganze Zeit und hast es mir nie gesagt. Und er – Zane, er wusste es auch, und taucht jetzt erst auf. Was für ein Vater ..."

„Nein." Rose stand ebenfalls auf und versuchte, ihre Hand auf seinen Arm zu legen, doch er schüttelte sie ab und wich zurück. Sie blinzelte die Tränen weg. „Zane wusste es nicht. Ich habe es ihm nie gesagt. Ich habe es ihm auch jetzt noch nicht gesagt."

Max war rot vor Wut, und Rose vermutete, dass ihm zum Weinen zumute war. Wut loderte in seinen Augen, und sie hatte sie dorthin gebracht. Ihr Herz brach.

„Er weiß es nicht? Die ganze Zeit haben wir Frauenhäusern gelebt – in unserem Auto – und er war die ganze Zeit da draußen. Und du hast es keinem von uns erzählt?"

Die vorwurfsvollen Worte zerrissen ihr das Herz. „Es tut mir leid –"

„Wie konntest du das tun?", schrie er, dann drehte er sich um und rannte in den Wald.

KAPITEL SECHS

Zane blieb vor Roses Haus stehen, als sie gerade aus dem Wald kam. Sie war immer noch blass und sah nicht glücklich aus, ihn zu sehen. Egal. Sie würde kein Mitleid von ihm bekommen. Er wollte Antworten, und er wollte sie jetzt. Er hatte versucht, wegzubleiben, sich zu beruhigen, bevor er hierherkam, doch ein Blick auf sie, und seine Wut brodelte wieder.

Er schlug die Tür seines Trucks zu, während er sich nach Max umsah. Er sah ihn nirgends. Das war für den Moment gut.

„Warum hast du es mir nicht gesagt?", fragte er, ging auf sie zu und traf sie in der Mitte des Hofes.

„Warum ich es dir nicht gesagt habe?", blaffte sie zurück und funkelte ihn an. „*Du* hast *mich* verlassen. Schon vergessen? Du bist von mir weggegangen, als ob ich dir n-nichts bedeute. Warum sollte ich dir etwas sagen? Und wie kannst du es wagen, mir das vorzuwerfen!" *Als bedeutete ich dir nichts.* Die Worte schmerzten, doch er war nicht in der Stimmung, Mitleid zu empfinden. Oder Schuld. „Ich habe dich verlassen, weil ich getan habe, was meiner Meinung nach das Beste für deine Sicherheit war. Das war mein Job. Hätte ich von Max gewusst, wäre ich zurückgekommen."

„Und das war das Letzte, was ich wollte." Die Worte waren bitter. „Ich hätte Max nie als Grund benutzt, dich zurückzubringen. Was weiß ich, vielleicht hast du mit all den Frauen geschlafen, die du beschützen solltest."

Die Worte trafen ihn wie ein Schlag. „Das habe ich noch nie zuvor getan", knurrte er mit leiser Stimme und kaum zurückgehaltener Wut. Er hatte sie geliebt.

„Ich glaube dir nicht."

„Glaub, was du willst, aber du hattest kein Recht, mir Max vorzuenthalten. Du hast mir vierzehn Jahre mit meinem Sohn gestohlen. Jahre, die ich nie zurückbekommen werde. Stört dich das nicht im Geringsten?"

Sie holte scharf Luft; ihre Schultern hoben sich, doch sie sagte nichts. Als ob sie das Gefühl hätte, nichts sagen zu müssen. Nun, er würde ihr klarmachen, dass sie von nun an auf alles antworten musste, was ihren gemeinsamen Sohn anging.

KOMM ZU MIR ZURÜCK, COWBOY

„Du sagst, du hast getan, was du für das Beste für unseren Sohn gehalten hast. Wie kann es das Beste gewesen sein, auf der Flucht zu leben? Nie einen Ort zu haben, den er wirklich sein Zuhause nennen konnte? Ich hätte euch helfen können."

Sie kniff die Augen zusammen. „Du hast mich gelehrt, so zu leben."

„Das habe ich nicht. Jemandem zu helfen, mit einer neuen Identität in einer Stadt mit einem Dach über dem Kopf zu leben, ist etwas ganz anderes, als von einem Frauenhaus ins nächste zu ziehen. Wie konntest du entscheiden, so zu leben, wenn du mich nur hättest anrufen müssen? Was für eine Mutter würde ihrem Sohn das antun, wenn sie andere Möglichkeiten hat?"

Sie wurde blass, und er fühlte sich fast schlecht deswegen, doch nur fast. Er war zu wütend.

„Du bist weggegangen. Du warst keine Option."

„Jetzt bin ich eine. Und du kannst darauf wetten, dass ich meinen Sohn kennenlernen werde. Dafür wird mein Anwalt sorgen. Ich will meine Rechte als Vater."

Das machte ihr Angst; er konnte es ihr ansehen, von den hängenden Schultern bis zu der zitternden Hand, die sie auf ihr Herz presste. Gut.

„Ich – ich würde das nicht verhindern wollen."

Er ignorierte die Art und Weise, wie ihre zittrigen Worte sein Herz zerrissen. Wie konnte er nach diesem

Verrat etwas für sie empfinden? „Es ist mir egal, ob du es tun würdest oder nicht. Den Punkt, an dem mich interessiert, was du willst oder nicht, haben wir hinter uns gelassen, als ich meinen Sohn gesehen habe."

Seine Drohung traf ins Schwarze, und er sah zu, wie sie auf eine alte Bank sank. Sie sah aus, als würde sich ihre Welt drehen. Sollte sie sich drehen. Er durchlebte jetzt den Schock, also sollte sie ruhig sehen, wie es sich anfühlte.

Natürlich würde er nichts tun, was Max davon abbringen würde, eine Beziehung zu ihm aufzubauen. Und zu versuchen, Max von ihr fernzuhalten, würde genau das tun. Doch sie musste das nicht wissen … er brauchte Zeit, alle seine Optionen abzuwägen.

Als er sie ansah, wuchs seine Wut – denn ein Teil von ihm wollte sie in seine Arme ziehen und ihr sagen, dass sie sich keine Sorgen machen sollte, dass alles gut werden würde. Es war unfassbar für ihn, dass er so etwas empfinden konnte. Dennoch wurden diese Gefühle von dem Teil von ihm überschattet, der sie für das, was sie getan hatte, hasste.

„Wo ist er?" Er wollte Max sehen. Mit ihm reden. Diesmal in dem Wissen, dass er sich mit seinem Sohn unterhielt. Sie blinzelte schnell, und er wusste, dass sie mit den Tränen kämpfte. Es war ihm egal. „Du kannst mich nicht davon abhalten, ihn zu sehen."

„Das will ich gar nicht. Es ist nur …" Ihr Blick wanderte zu den Bäumen und dann zurück zu Zane. Sie sah blasser aus als zuvor. „Ich habe ihm vor ein paar Stunden von dir erzählt."

„Und wie hat er es aufgenommen?"

„Er ist wütend. Verständlicherweise. Sehr wütend." Ihre Stimme brach, und sie blinzelte heftig und wischte sich mit dem Handrücken über die Wange, als eine Träne darüber lief. „Was denkst du, wie er sich fühlt? Seine Mutter hat ihm verschwiegen, dass er einen Vater hat."

Zane musste sein Herz stählen gegen die Qual, die er in ihrem Gesicht sah und in ihren Worten hörte. Das war ihre Schuld. „Glaubt er, dass ich ihn verlassen habe?"

Sie senkte den Blick. „Ich habe ihm erklärt, dass du es nicht weißt. Aber ich konnte ihm nicht erklären, warum du gegangen bist."

Er riss seinen Hut vom Kopf und schlug ihn gegen seinen Oberschenkel. „Wo ist er?" Zane musste mit ihm reden. Musste es ihm erklären. Musste versuchen, die Situation zu reparieren.

„Er ist gerne allein, wenn er aufgewühlt ist … aber er ist vor über drei Stunden weggelaufen und nicht zurückgekommen."

„Drei Stunden!", polterte er. „Und du hast

niemanden angerufen?" Zane hasste den Gedanken an Max da draußen in diesem Wald, aufgewühlt, wütend und allein.

„Ich wollte gerade Hilfe rufen."

„Du hättest mich sofort anrufen sollen. Machst du dir keine Sorgen um ihn?" Seine Worte sollten verletzend sein. Wie oft hatte sein Sohn ihn im Laufe der Jahre gebraucht, und er war nicht da gewesen?

„Wie kannst du es wagen, anzudeuten, dass ich mir keine Sorgen mache! Natürlich mache ich mir Sorgen. Es ist ihm nicht ähnlich. Aber –"

Zane schüttelte den Kopf und rannte auf die Bäume zu, aus denen er sie bei seiner Ankunft hervorkommen gesehen hatte. Seine Wut auf sie war wie ein lebendiges Wesen zwischen ihnen, als sie sich beeilte, ihn einzuholen. Es war ihm egal, wie wütend sie vielleicht auf ihn war. Er wollte nur Max finden und sich vergewissern, dass es ihm gut ging. Das Gefühl war so dringend, dass es ihn fast bis zur Hilflosigkeit versengte. Fühlten sich Eltern immer so? Er unterdrückte die Panik mit eiserner Entschlossenheit. Max war vierzehn.

„Er ist schon immer weggegangen, um allein zu sein, wenn ihn etwas stört. Aber er kommt immer innerhalb von ein, zwei Stunden zurück."

Ihre Worte waren atemlos, als sie versuchte, mit ihm Schritt zu halten. Er wurde nicht langsamer, als er den Weg und die Büsche nach Hinweisen absuchte, nach allem, was verraten konnte, in welche Richtung er gegangen war.

„Ich habe gelernt, ihm den Raum zu geben, den er braucht. Doch diese Situation ist nicht so, als hätte er einen Ball verloren oder bei einem Test schlecht abgeschnitten. Das war ein Schock für ihn."

Seine Wut flammte auf. „Auf welchem Weg hast du vorhin gesucht?" Sie nickte nach rechts, also ging er links vom Weg ab.

Was würde er Max sagen, wenn er ihn fand? Die Frage verunsicherte ihn, als er sich durch die verstreuten Kiefern und Büsche schlug. Er sah schnell, dass Max hier entlanggekommen war, und Zane folgte den Spuren, einem abgebrochenen Ast hier, zertrampeltem Laub dort. Rose schwieg, als sie ihm folgte, vielleicht betete sie … Zane tat es. Irgendwann in den Sekunden zwischen Panik und Wut hatte er angefangen zu beten, dass Gott seinen Sohn beschützen und Zane die Worte und die Weisheit geben möge, um die Situation, in der sie sich befanden, zu klären. Denn er war ganz und gar nicht in seinem Element.

Allein konnte er das nicht schaffen.

Deputy Cantrell war sein Dad! Max hatte das Wissen schon seit Stunden einwirken lassen. Sein ganzes Leben lang hatte er seinen Vater nicht gekannt. Der Mann, von dem er die ganze Zeit geglaubt hatte, er sei sein Vater, war es nicht. Allein diese Tatsache befreite ihn von so viel angestauter Wut, dass es surreal war. Der nichtsnutzige Idiot! Seine Mutter wusste es nicht, doch Max hatte sich immer geschworen, dass er, wenn er alt genug war, David Kimp suchen und ihm genau sagen würde, was er von ihm hielt. Er war froh, dass seine Mutter ihren Mädchennamen wieder angenommen hatte, damit er nicht den Namen dieses Taugenichts' tragen musste. Jeder Mann, der eine Frau verprügelte, war niemand, auf den man stolz sein konnte, das war sicher.

Max fragte sich, ob Zanes Name auf seiner Geburtsurkunde stand. Was stand da? Mann, er konnte nicht glauben, dass seine Mutter ihn angelogen hatte.

Die ganze Zeit hatte sie all diese Geheimnisse vor ihm bewahrt.

Er schlug mit den Händen auf die Oberschenkel. Er saß im Schneidersitz auf seinem Lieblingsfelsen und starrte über das Tal hinaus. Er liebte diesen Ort. Mule Hollow war abwechslungsreich. Flaches Land, übersät mit Felsen und Kakteen und tiefen Tälern, die wie Orte waren, die er nur in Filmen und Zeitschriften gesehen hatte, bevor er hierhergekommen war. Dies war einer dieser Orte. Nicht wie in Los Angeles, wo er sich immer eingeengt gefühlt hatte. Hier draußen fühlte er sich frei und glücklich, besonders hier an seinem Denkplatz – seinem Traumplatz.

Seine Emotionen waren innerhalb von Minuten von Wut zu Ruhe zu Begeisterung geworden. Sicher, er war sauer auf seine Mutter, doch er kannte sie … wusste, dass sie nur versucht hatte, ihn zu beschützen und ein besseres Leben für ihn zu finden. Er war kein Kind mehr. Er hatte sich schon viel länger als Mann betrachtet als die Erwachsenen, und er glaubte, das war der Moment, aufzustehen und zu beweisen, woraus er gemacht war. Die ganze Zeit hatte er versucht zu beweisen, dass er nicht wie sein Vater war – wie David. Er hatte geglaubt, Davids Blut fließe durch seine Adern, und es hatte ihn unglaublich belastet … Doch dem war nicht so.

Er grinste. Er konnte nicht anders – er hatte einen Vater! Und dieser Vater war ein *Held*.

Zane war bisher nicht Teil seines Lebens gewesen, doch er hatte nicht gewusst, dass er einen Sohn hatte. Wenn er es gewusst hätte, wäre er sicher für ihn dagewesen – schließlich war er ein Texas Ranger. Allein der Gedanke an die Möglichkeiten brachte Max dazu, wie ein kleines Kind auf und ab springen zu wollen.

Sein Vater war ein *Texas Ranger*!

Es konnte einfach nicht besser werden.

All die Jahre waren er und seine Mutter auf der Flucht gewesen und hatten sich versteckt. Sie hatten sogar ein paar Wochen in ihrem Auto gelebt, obwohl er sich nicht wirklich daran erinnerte. Und die ganze Zeit hatte er sich geschämt, weil David ihm peinlich war – doch dieser Mann war gar nicht sein Vater. Seine Mutter hatte ihn die ganze Zeit angelogen. Max dachte darüber nach, und ja, es störte ihn, doch er entschied, dass es ihm jetzt egal war. Was ihm wichtig war, war, dass er einen Vater hatte, der ein Held war. Ein *Held*!

Er stand auf, nicht mehr in der Lage, all die Gefühle zu beherrschen. Er sprang hoch, stieß einen Schrei aus und ballte die Faust. Das Leben konnte einfach nicht besser werden!

Das einzige, was besser gewesen wäre, wäre, wenn sie die ganze Zeit zusammen eine Familie gewesen wären. Der Gedanke ließ ihn innehalten.

Was wäre, wenn ... was wäre, wenn es jetzt einen Weg dafür gäbe?

Max' Herz begann zu klopfen wie tausend stampfende Pferde. Seit er und seine Mutter nach Mule Hollow gezogen waren, hatte er gebetet, dass sie einen guten Cowboy heiraten würde. Er hatte gesehen, wie glücklich all die Frauen waren, die geheiratet hatten, und das wollte er für seine Mutter auch. Doch das war viel besser.

Er begann zu laufen. Es war Zeit, nach Hause zu gehen, denn er hatte zu tun. Pläne zu schmieden. Große Pläne!

Er kannte auch genau die richtigen Leute, die ihm helfen würden. Die Idee ließ ihn schneller laufen und er schob dabei Äste aus dem Weg.

In Mule Hollow lebte eine Gruppe von Frauen, die anderen andauernd zu einem glücklichen Leben verhalfen.

Und wie sie das taten! Jetzt waren seine Mutter und sein Vater an der Reihe, ein Happy End zu bekommen … und er konnte es kaum erwarten.

Er würde es schaffen.

„*Oh!*", rief Rose, als sie über eine Wurzel stolperte und auf Händen und Knien landete. Sie war in den letzten fünfzehn Minuten hinter Zane her durch den Wald gelaufen. Der Mann war zu einem wütenden Bären geworden, der durch die Bäume stürmte, und ihre kurzen Beine konnten einfach nicht mit seinem Tempo mithalten.

„Hast du dich verletzt?", fragte er und drehte sich zu ihr um, der Tonfall eher eine Aufforderung als eine Nachfrage.

„Nein", blaffte sie und nutzte den Moment auf ihren Knien, um durchzuatmen. Sie war so besorgt um Max, dass sie nicht wusste, was sie tun sollte. Dazu kam die Angst, dass Zane das alleinige Sorgerecht beantragen könnte, und sie war ein nervliches Wrack. Er hatte seinen Anwalt erwähnt.

„Bist du sicher?", fragte er und erschreckte sie, indem er vor ihr in die Hocke ging.

Sein Gesichtsausdruck war grimmig, und seine Wut auf sie immer noch sehr deutlich, aber niemand würde jemals sagen, dass Zane Cantrell nicht half, wo Hilfe gebraucht wurde. Oh nein, der Mann war schon immer ein Samariter gewesen.

„Lass mich deine Hände ansehen", sagte er, und bevor sie reagieren konnte, packte er ihre Handgelenke und drehte ihre Handflächen nach oben.

„Nein, mir geht's gut", sagte sie und zog ihre Hände zurück, doch sein Griff wurde fester und hielt sie still. Das Letzte, was sie wollte, war, dass er sie berührte. Die Berührung des Mannes stellte Dinge mit ihr an, die sie nicht mochte. Selbst jetzt, während sie so wütend auf ihn war, dass sie ihn hätte schlagen können, pochte ihr Herz. Vor Wut, sagte sie sich, doch sie fürchtete, das war gelogen. Was es auch war, es war ärgerlich!

„Ich brauche deine Hilfe nicht", zischte sie mit

zusammengebissenen Zähnen.

„Ja, das hast du deutlich gemacht. Jetzt halt still", verlangte er und senkte den Kopf, um ihre Handflächen zu untersuchen.

Sie waren zu nah, und sie fühlte sich überhaupt nicht wohl. Rose zog wieder an ihren Händen, was ihn nur dazu brachte, ihr einen wütenden Blick zuzuwerfen.

„Ich habe gesagt, du sollst stillhalten, Rose. Ich meine es so. Deine Hände sind aufgeschürft."

Sie musste sich von seiner Berührung befreien, riss ihre Hände zurück und stand auf. „Was wir tun müssen, ist, meinen Sohn zu finden", blaffte sie und ging weiter durch den Wald und rief Max' Namen.

Ihr Leben war wieder zu einem Alptraum geworden, und sie fühlte sich machtlos, es zu reparieren.

Was, wenn er versuchte, ihr das Sorgerecht zu nehmen?

Sie war eine gute Mutter. Doch sie hatte Angst. Würde ein Richter ihr einen Vorwurf daraus machen, dass sie sich entschieden hatte, in Frauenhäusern zu leben, anstatt ihrem Sohn die Chance zu geben, ein besseres Leben mit seinem Vater zu führen? Max war vierzehn. Sie war sich fast sicher, dass er die Wahl haben würde, bei welchem Elternteil er leben wollte, doch der Gedanke, dass er in diese Situation gebracht werden könnte, schmerzte Rose.

Und so wütend er im Moment auf sie war, wenn er die Wahl hätte, würde er vielleicht Zane ihr vorziehen. Bei dem Gedanken brach ihr kalter Schweiß aus. Sie hatte es buchstäblich satt, ihre Entscheidungen zu hinterfragen. Jedes denkbar schlechte Szenario ihres Lebens raste ihr durch den Kopf. Wo war er? Sie rief noch einmal seinen Namen. Zane tat dasselbe einen halben Meter hinter ihr. Der Mann atmete ihr praktisch in den Nacken.

Als Max plötzlich in Sicht kam, hüpfte ihr Herz vor Freude und Erleichterung. Danke Gott!

„Hey", sagte er, als wäre alles in Ordnung. Er sah Zane an, offensichtlich überrascht, ihn bei ihr zu sehen. „Was ist los?", fragte er lächelnd.

„Was los ist?", blaffte sie. „Was ist das für eine Frage, junger Mann? Ich war krank vor Sorge! Wo bist du gewesen?"

„Ich habe auf einem Felsen gesessen und nachgedacht und verarbeitet, was du mir gesagt hast. Es tut mir leid, Mama. Wirklich. Aber du musst zugeben, dass du mir eine Menge zum Nachdenken gegeben hast." Seine Aufmerksamkeit wandte sich Zane zu.

Sie bemerkte überrascht, dass er nicht wütend war. Oder verwirrt. Stattdessen war er eindeutig in Zane vernarrt. Sie war sprachlos. Ihr Sohn hatte seine eigene Art, mit Dinge umzugehen – er war schon immer alles direkt angegangen, nachdem er darüber nachgedacht hatte. Mit zunehmender Reife war diese Eigenschaft stärker geworden. Trotzdem war er so wütend gewesen, als er davongestürmt war, und das war so viel größer als alles, was er zuvor zu verarbeiten hatte, dass das Lächeln auf seinem Gesicht unerwartet war. Es machte ihr Sorgen.

„Also, ich habe gehört, du bist mein Vater", sagte er und schockierte sie noch mehr.

Überraschung flackerte in Zanes Augen auf, doch er verbarg sie gut. Sein schnelles Nicken täuschte über die Verwirrung hinweg, von der sie wusste, dass er sie empfinden musste. Als er Max' Blick festhielt, pochte Roses Herz. Vor langer Zeit hatte sie einmal in Zanes Augen gesehen und diese Aufrichtigkeit von ganzem Herzen geglaubt. Sie wandte den Blick ab und atmete langsam ein. Niemand sonst konnte sie ansehen und ihr glauben machen, sie könne mit einem einzigen Sprung über hohe Gebäude springen. Es war eine gefährliche Sache und machte ihr Angst um ihren Sohn … weil es nur bedeutete, dass sie noch viel tiefer gefallen war, als sie erkannt hatte, dass Zanes Herz nicht so aufrichtig war, wie seine Augen sie hatten glauben machen wollen.

Sie betete, dass er Max nicht so wehtun würde, wie er ihr wehgetan hatte. Sie würde alles tun, um das zu verhindern, doch im Moment konnte sie nichts tun, außer staunend zuzusehen, wie ihr Sohn sein erstes Gespräch mit seinem Vater führte.

„Ja, ich bin dein Vater. Ich wusste es nicht", erklärte er. „Aber deine Mutter hatte ihre Gründe, es mir nicht zu sagen."

Zane würde nicht versuchen, ihre Entscheidungen, was Max anging, gegen sie zu verwenden. Erleichterung durchströmte sie. Sie hatte befürchtet, dass er es tun könnte, doch andererseits war das für sie beide die gnädigste Art, damit umzugehen, und in Max' bestem Interesse. Sie nickte Zane dankbar zu, als er in ihre Richtung sah.

„Mom hat mir erzählt, dass du auf sie aufgepasst hast, als sie im Zeugenschutzprogramm war. Das ist so cool."

„Es war mein Job. Deine Mutter war sehr mutig, zu tun, was sie getan hat."

Rose verspürte einen Anflug von Bedauern, als sie sich daran erinnerte, dass es für Zane nur ein Job gewesen war, auf sie aufzupassen. Sie wusste, dass es nach all der Zeit unlogisch war, dass es weh tat, aber es tat es.

Max grinste sie an, und sie wollte ihn anschreien, er solle damit aufhören. Er musste innerlich verletzt sein, tat aber so, als wäre alles in Ordnung. Er hatte gerade seinen Vater kennengelernt. Seine Mutter hatte ihn angelogen. Und doch stand er hier grinsend und sah sie an, als hätte sie nichts falsch gemacht.

„Mom ist die mutigste Frau, die ich kenne."

Seine Worte brachen ihr das Herz. Rose blinzelte die Tränen zurück. Sie war überhaupt nicht mutig. Sie war eine Heuchlerin. All die Jahre hatte sie sich vor dem Wichtigsten der Welt versteckt … der Wahrheit.

Sie drehte sich um und ging zurück in Richtung Haus, da sie nicht wollte, dass er oder Zane die Tränen sahen. „Lass uns nach Hause gehen", brachte sie hervor und ging den Weg zurück, den sie gekommen waren.

KAPITEL SIEBEN

„Also wie geht's dir?"

Rose warf ihrer Chefin Ashby einen „Was denkst du?" Blick zu, als sie einen Arm voller Kleider aus der Garderobe von *Ashby's Treasures* holte. „Es ist eine *unmögliche* Situation."

„Ich komme immer noch nicht darüber hinweg, dass du im Zeugenschutzprogramm warst. Und Zane Max' Vater ist. Der Junge ist so stolz. Er hat es allen erzählt."

Den ganzen Morgen über hatte sich Rose gefragt, wann Ashby den Elefanten im Zimmer ansprechen würde. „Ich habe es allen verschwiegen. Max ist das Beste, was mir je passiert ist. Aber ich konnte einfach nicht über meine Vergangenheit reden. Ich hoffe, niemand hält mich deswegen für einen schlechten Menschen."

„Du weißt, dass das keiner von uns tut. Wir lieben dich."

„Ich weiß", seufzte Rose. „Ich schäme mich, dass ich das überhaupt ausgesprochen habe. Ich denke einfach nicht klar. Was soll ich tun, Ashby? Alles ist so durcheinander."

Ashby tätschelte auf den Hocker vor ihr, und Rose ließ die Kleider auf einem Ausstellungstisch liegen und setzte sich.

„Ich habe immer das Gefühl, dass zwischen euch beiden noch etwas ist. Kann das sein?", fragte Ashby.

„Nicht, wenn er der letzte Mensch auf dem Planeten wäre", stöhnte Rose. „Er hat mich angelogen und mich *verlassen*, als ich ihn am meisten gebraucht habe." Sie sprang vom Hocker auf und begann auf und ab zu gehen, aus keinem anderen Grund, als dass es sie davon abhielt, irgendetwas zu treten. Es war ein Bedürfnis, gegen das sie gekämpft hatte, seit sie gestern Abend beobachtet hatte, wie Zane und Max sich angefreundet hatten. „Und als ob das nicht genug ist, hat er mich nach all den Jahren an dem einzigen Ort aufgespürt, an dem ich glücklich bin."

„Aber das ist meine Frage", sagte Ashby. „Wenn er nichts von Max wusste, warum hat er das dann getan?"

Rose drehte sich zu Ashby um. „Weil er Schuldgefühle hat, deshalb. Aber dafür ist es nach all den Jahren ein bisschen zu spät." Und Max die Wahrheit sagen zu müssen, hatte diese Meinung nur gefestigt.

„Bist du sicher?"

„Ja, ich bin mir sicher. Ich – ich kann diesen Mann nicht ab", beharrte Rose. „Und glaub mir, nach gestern beruht das Gefühl auf Gegenseitigkeit. Er war wütend auf mich, weil ich ihm nichts von Max erzählt hatte."

„Rose, Honey … Du weißt, ich liebe dich und würde dich nicht verletzen wollen, aber findest du seine Gefühle nicht verständlich?"

„Er hat mich verlassen. Hat mich schwanger und allein gelassen …"

„Aber du hast selbst gesagt, dass er nicht wusste, dass du schwanger warst."

„Ja, richtig", seufzte sie. Und sie befürchtete, dass ein Richter das genauso sehen würde. „Aber er musste sicher wissen, dass ich kein Geheimnis aus meinen Gefühlen für ihn gemacht habe. Und er hat mich trotzdem verlassen."

„Was ist genau passiert? Willst du darüber reden?"

Rose musste reden, und sie hatte sich schon vor langer Zeit schlecht gefühlt, weil sie es Ashby nicht erzählt hatte. „Als ich in das Programm eingetreten bin, habe ich ihm vertraut. Ich habe mich so allein und verängstigt gefühlt. Er gab mir das Gefühl, sicher zu sein … Dummerweise bin ich unvorsichtig geworden.

Ich werde dich nicht anlügen. Ich habe ihn damals geliebt, und ich dachte, er liebt mich. Es war einfach eine schlimme Situation. Ich habe herausgefunden, wie sehr ich mich getäuscht habe, als jemand versucht hat, mich zu erschießen. Zane hat mich aus dem Safehouse, das angegriffen worden war, weg und in ein anderes gebracht." Sie verschloss ihr Herz gegen die Emotionen, die aufstiegen, wenn sie an das Erlebte dachte. „Und dann war er am nächsten Morgen weg. Keine Erklärung. Einfach weg." Sie hielt inne, als die Gefühle von damals wieder an die Oberfläche kamen. Sie holte tief Luft und erzählte Ashby, wie viel Angst sie am Morgen nach dem Anschlag gehabt hatte, als sie in die Küche gekommen war und einen unbekannten Texas Ranger vorgefunden hatte, der sich eine Tasse Kaffee einschenkte. Sie war erschrocken, ganz zu schweigen von ihrem gebrochenen Herzen.

Sie holte Luft. „Ich weiß nicht, wie genau ich die nächsten Monate überstanden habe. Sie waren schrecklich. Ich fand heraus, dass ich schwanger war, kurz bevor ich gegen den Mann, der mich tot sehen wollte, ausgesagt habe. Dann wurde ich im Programm in ein neues Leben verpflanzt, und der Mörder ist im Gefängnis selbst getötet worden. Das war sechs Wochen später, und dann wurde ich aus dem Programm entlassen und sollte mein Leben wieder aufnehmen, als wäre nichts passiert."

Ashby sah von der Geschichte genauso benommen aus, wie Rose sich gefühlt hatte, sie zu leben. „Ich kann es kaum fassen", sagte sie. „Wussten sie, dass du schwanger warst?"

„Nein. Ich konnte es selbst nicht glauben, also konnte ich mich nicht dazu durchringen, es jemandem zu erzählen."

„Und was hast du dann gemacht? Du musst so verloren gewesen sein."

„Das war ich. Das beschreibt meine Gefühle perfekt. Meine Großmutter war tot, und ich hatte wirklich kein Zuhause mehr … Und ich konnte einfach nicht mit den Fragen umgehen, die von allen gestellt werden würden, also bin ich in LA geblieben und habe eine Stelle als Empfangsdame in einem Importgeschäft angenommen. Und da habe ich David kennengelernt." Sie schüttelte den Kopf.

„Das ist unglaublich", sagte Ashby und stellte sich neben sie. „Du bist so stark."

„Jetzt bin ich es. Aber damals war ich es nicht. Ich habe einen Mann geheiratet, weil ich Angst hatte, allein und schwanger zu sein, und er hat mich misshandelt. Ich hätte mich gar nicht erst in eine so verletzliche Position bringen lassen sollen."

„Das tut mir so leid", sagte Ashby.

Rose holte tief Luft und atmete langsam aus. „Mir auch", sagte sie schließlich.

„Glaubst du, Zane weiß, was David getan hat?"

„Er hat es herausgefunden, als er beschlossen hat, mich zu suchen", antwortete Rose bitter.

„Ich wette, er hat sich schrecklich gefühlt, als er es herausgefunden hat."

Rose starrte ihre Freundin an. „Du brauchst kein Mitleid mit ihm zu haben."

Ashby sah verlegen aus. „Tut mir leid. Aber das habe ich. Du und Zane wart beide in einer unmöglichen Situation. Vielleicht solltest du ein bisschen nachsichtiger sein mit dir *und* ihm."

Nachsichtiger! Am liebsten hätte sie in diesem Moment etwas an die Wand geworfen.

„Rose, sieh mich nicht so an. Er hat gesagt, er ist gegangen, weil er dich beschützen wollte. Er hat eindeutig geglaubt, dass er das Richtige tat. Vielleicht sagt er die Wahrheit. Was, wenn du dein Herz öffnest und ihm eine zweite Chance gibst? Es ist unglaublich, was ihr gemeinsam durchgemacht habt. Diesmal könnt ihr euch unter normalen Umständen richtig kennenlernen. Vielleicht gibt Gott dir diesmal die Chance, es richtig zu machen."

Rose starrte Ashby an. „Es richtig zu machen?"

Ashby sah aus, als würde sie mit einem Kindergartenkind sprechen. „Muss ich es buchstabieren?"

„Bitte."

„Was, wenn Gott beabsichtigt hat, dass ihr zusammen kommt, doch ihr beide habt den Karren sozusagen vor das Pferd gespannt. Und vielleicht lag es daran, dass ihr in einer so angespannten Situation wart, dass alles aus dem Ruder gelaufen ist. Glaubst du nicht, dass Gott Fehler verzeiht und zweite Chancen gibt?"

Rose nickte. „Ja, das will ich glauben. Aber in dieser Situation steht nicht Gottes Fähigkeit zur Vergebung zur Debatte, sondern meine."

„Rose, ich kann nicht glauben, dass du das gesagt hast. *Du* bist die Person, die mir gesagt hat, ich soll auf Gott vertrauen, als ich Schwierigkeiten hatte, mein Herz für Dan zu öffnen."

Rose sah zu Boden. „Ach Ashby, ich weiß. Ich fühle mich im Moment gemein und innerlich zerrissen. Ich schäme mich so."

Ashby kicherte, beugte sich vor und umarmte sie. „Honey, jeder fühlt sich irgendwann so. Es bedeutet nur, dass du ein bisschen mehr Zeit mit dem Herrn auf den Knien brauchst. Er wird dir helfen, alles zu klären."

Rose wusste, dass dem wahrscheinlich so war, doch im Moment konnte sie einfach nicht sehen, wie.

„Du willst, dass wir dir helfen, deine Mutter und Zane dazu zu bringen, sich zu verlieben?"

KOMM ZU MIR ZURÜCK, COWBOY

Max nickte Norma Sue zu. Er war die fünf Kilometer zwischen seinem Zuhause und dem Frauenhaus, in dem er und seine Mutter gelebt hatten, mit dem Fahrrad gefahren. Dieses Frauenhaus war anders, nicht nur, weil es auf Sheriff Bradys Ranch lag, sondern auch, weil Dottie in der Stadt einen Süßwarenladen eröffnet hatte, in dem sie allen Frauen beibrachte, wie man Süßigkeiten herstellte und auch das Geschäft führte. Da Dotties Baby jeden Tag zur Welt kommen konnte, bedeutete das, dass der Süßwarenladen unterbesetzt war und Norma Sue, Esther Mae und Adela auf die kleinen Kinder aufpassten, während die Mütter alle arbeiteten. Die älteren Frauen halfen in der Regel zu unterschiedlichen Zeiten aus und kamen nicht alle gleichzeitig ins Frauenhaus, um die Kinder zu hüten. Doch gestern hatte er seine Mutter und Miss Adela darüber reden hören, dass die drei die Zeit nutzten, um eine Babydecke für Dottie zu nähen. Er hatte die ganze Woche versucht, einen Weg zu finden, sie um ihre Hilfe zu bitten, also war das seine Chance. Zumal es Samstag war und seine Mutter arbeiten musste. Sie würde nicht mitbekommen, dass er mit ihnen gesprochen hatte.

Er konnte immer noch nicht glauben, dass Zane Cantrell sein Vater war oder dass seine Mutter ihn im Zeugenschutzprogramm kennengelernt hatte – das war einfach cool. Er hatte es seinen Freunden als erstes erzählt. Inzwischen wusste jeder in der Stadt, dass Zane sein Vater war, und Max ging ein bisschen aufrechter, wenn er durch die Straßen ging.

„Ja, ich möchte, dass Sie bei meiner Mutter und meinem Vater alle Kuppel-Register ziehen." Er grinste. Sheri, die Nageldesignerin aus dem Friseursalon *Heavenly Inspirations*, bezeichnete die drei alten Damen als die Kupplerinnen von Mule Hollow, und es gefiel ihm. Sie könnten ihm helfen, seine Mutter und seinen Vater zu verkuppeln. „Jeder weiß, dass Sie das machen. Sie haben dazu beigetragen, fast die ganze Stadt zu verkuppeln, warum also nicht auch meine Mom und meinen Dad?"

Norma Sue legte ihre Hand auf ihren drahtigen grauen Kopf und starrte ihn an, als hätte er Hörner. Auch die anderen beiden schwiegen. Vielleicht hatte sie noch niemand um Hilfe gebeten, und sie wussten nicht genau, wie sie damit umgehen sollten. „Vielleicht entscheiden Sie sonst lieber selbst, wen sie miteinander verkuppeln wollen. Die Sache ist die, ich habe mich entschieden und werde nicht aufgeben, bis Sie mir helfen." Seine Mutter würde ihm das Fell gerben, wenn sie ihn so reden hörte, da es nicht sonderlich höflich klang. Doch manchmal musste man seinen Standpunkt klar darlegen.

„Wenn das nicht süß ist!", quietschte Esther Mae

plötzlich und durchbrach die Stille. „Das wird so ein Spaß!"

Max lachte, hörte aber auf, als Norma Sue eine Hand hob.

„Warte, Esther Mae", sagte sie. „Adela, was denkst du?"

Max hatte seine Großmütter nie gekannt, also kamen diese Damen der Rolle am nächsten. Seitdem er hierhergekommen war, hatte er so getan, als wären sie seine Familie. Esther Mae war die lustige Großmutter. Sie quietschte und lachte immer – und sie hatte kurzes rotes Haar. Norma Sue war die Großmutter, die das Kommando übernahm und Pläne umsetzte. Doch sie war sich seiner Idee nicht ganz sicher. Er sah Miss Adela an. Sie war die Sanfte. Er hatte immer Angst, dass er sie verletzen könnte, wenn er sie umarmte, weil sie so zerbrechlich aussah. Jetzt betete er, dass sie von seiner Idee überzeugt war. Als sie lächelte, leuchteten ihre blauen Augen.

„Nun", sagte sie. „Wenn dieser Junge möchte, dass wir ihm helfen, seine Mutter und seinen Vater zusammenzubringen, müssen wir ihm helfen."

„Ja! Also, was machen wir?", fragte er.

Norma Sue verschränkte die Arme und schüttelte den Kopf. „Ich bin mir nicht sicher, ob wir das Richtige tun. Doch letzten Sonntag haben die Funken in der

Kirche schon gesprüht. Ich sage, wir müssen sie nur so oft wie möglich zusammenbringen. Wenn Gott mitspielt, werden sie die meiste Arbeit selbst erledigen."

„Wenn es Liebe ist, ganz sicher", fügte Esther Mae hinzu.

Max runzelte die Stirn. „Aber was, wenn nicht? Meine Mutter tut so, als ob sie nichts mit Zane zu tun haben will. Und, na ja, er versucht es vor mir zu verbergen, aber ich glaube, mein Dad ist irgendwie sauer auf meine Mom. Was, wenn wir sie erst dazu bringen müssen, sich zu verlieben?"

„Max", sagte Adela. „Wenn sie einander nicht lieben, werden wir sie nicht zwingen. Und du auch nicht, Darling."

Das gefiel ihm nicht. „Sie werden sich lieben. Ich weiß es."

„Auch wenn sie einander nicht lieben, lieben sie dich, Max", sagte Norma Sue.

Die anderen beiden nickten.

„Du scheinst wegen alldem nicht wütend zu sein, oder?", fragte Adela.

Er setzte sich auf das Geländer der Veranda, sah auf die lachenden kleinen Jungen, die auf den Schaukeln spielten, und seufzte. „Zuerst war ich wütend", gab er zu. „Aber, na ja, dann habe ich darüber nachgedacht und die ganze Wut war weg. Ich vertraue auf Gott. Ich habe in meinem Leben viel durchgemacht, und er war immer für mich da. Wie er auch für die Kleinen hier dagewesen ist. Ich meine, er hat uns alle hierher gebracht, nicht wahr? Für mich war das Gott, der auf mich aufgepasst hat."

„Oh", keuchte Esther Mae und tupfte ihre Augen mit ihrer Serviette ab. „Ich will dich einfach nur ganz fest drücken. Meine Güte, deine Mutter hat dich richtig erzogen. Sie wäre so stolz auf dich, wenn sie das gehört hätte."

Max war sich da nicht so sicher. Doch ein Mann musste tun, was ein Mann tun musste, wenn es um seine Familie ging. Oder nicht?

KAPITEL ACHT

Rose war in Arbeitskleidung, als das laute Brummen eines Motors ihr verriet, dass jemand die Einfahrt hinunterfuhr. Sie steckte den Kopf aus dem Scheunentor und zog sich in den Schatten zurück.

Zane. „Oh, verflixt nochmal!", murmelte sie.

Als sie mit Ashby gesprochen hatte, hatte sie nur gedacht, dass er in ihren Lebensraum eingedrungen war … doch in den letzten Tagen war der Mann *überall*! Er hatte ihr Leben übernommen und wusste es nicht einmal. Er war alles, worüber Max sprach, alles, worüber die Stadt sprach – Mr. barmherziger Samariter! Doch das war nicht das Schlimmste. Er war alles, woran *sie* dachte – und das war nicht gut. Wie konnte sie sich noch immer so zu einem Mann hingezogen fühlen, der sie so schlecht behandelt hatte? Es war ärgerlich. Aus dem Schaufenster der Boutique sah sie ihn auf der Main

Street kommen und gehen, und es war nicht zu leugnen, dass sie nach ihm Ausschau hielt. Es war fast peinlich.

Und dann erinnerte Ashby sie daran, dass sie beten und ihm eine Chance geben sollte.

Wie konnten sich ihre Freunde so leicht auf Zanes Seite schlagen?

Sie wusste, was es war. Es war derselbe Grund, warum sie dem Mann so bereitwillig ihr Vertrauen geschenkt hatte. Er sah vertrauenswürdig aus. Er war die lebende, atmende Verkörperung eines heldenhaften Texas Rangers. Diese starken, wettergegerbten Züge, diese geraden, fast schwarzen Augenbrauen über seinen schönen Augen. Augen, die so scharf waren, dass sie direkt durch einen hindurch zu blicken schienen. Ganz zu schweigen davon, dass er so groß und stabil wie eine Eiche war. Sie rieb sich die Stirn und holte tief Luft, um sich zu beruhigen. Sie war rein körperlich … diese Anziehungskraft. Sie hatte erfahren, dass die Substanz, von der sie geglaubt hatte, dass er sie hatte, nicht wirklich da war. Wie konnte sie sich immer noch zu dem Mann hingezogen fühlen? Gott bestrafte sie für ihre Schwäche. Das war der einzige Schluss, zu dem sie kam. Dann war es eben so. Es störte sie jedoch, dass er der einzige Mann war, dem sie je begegnet war, der sie so tief berührt hatte. Sie atmete langsam ein und mangels anderer Alternativen trat sie aus der Scheune, um sich neben Max zu stellen – der strahlte wie ein Honigkuchenpferd.

„Schau, Mom, ich habe Dad heute eingeladen, uns zu helfen. Ist das nicht großartig?"

Dad – wo kam das denn her? Max hatte sich mit dieser neuen Realität so schnell angefreundet, dass es herzzerreißend war. „Sicher", brachte sie hervor und unterdrückte ihre Gefühle, ihren Blick auf den Truck gerichtet, gerade als Zane ausstieg und die Tür schloss. Zu ihrer Bestürzung lächelte er, und ihr verräterisches Herz schlug einen Purzelbaum. Sie sah ihn finster an, gequält von ihrer Frustration über ihre Reaktion auf ihn und die Tatsache, dass er hier auf ihrem Hof war.

In ihrem Leben.

Um seinen Sohn zu sehen.

Die leise Stimme der Vernunft tadelte sie, und sie schloss für einen Moment die Augen. Er war wegen Max hier. Und Max zuliebe konnte sie ihre Gefühle zügeln und zumindest versuchen, höflich zu sein.

„Mom ist bereit zur Tuna-Jagd", sagte Max, sobald Zane sie erreicht hatte.

Gewiss, so gekleidet wie sie war, sah sie aus wie die Kreatur aus der Schwarzen Lagune, doch sie wusste nicht, warum Max das Gefühl hatte, Zane ihr Aussehen erklären zu müssen. Sie versuchte, nicht so zu wirken, als ob es sie zu sehr störte, doch ihre Augenbrauen hoben sich von selbst, als sie ihn ansah.

Er schenkte ihr ein neckendes Grinsen, während er gleichzeitig ihr Outfit mit offener Verwirrung betrachtete. „Du glaubst, du hast Thunfische in deinem Teich?"

Max schnaubte vor Lachen. „Nein, Papa. Tuna heißt die Feigenkaktusfrucht."

„Im Ernst?", fragte Zane.

„Ja – seltsam, aber wahr", erklärte Max. „Der botanische Name bedeutet indische Feige, doch die Frucht wird hier Tuna genannt."

Zane sah beeindruckt aus. „Du kennst dich aus." Unerwartet wurde Roses Herz warm, als Zane ihren Sohn ansah.

Max strahlte in ihre Richtung. „Mom hat mir alles beigebracht, was ich weiß. Sogar wie man sich anzieht, um zu ernten."

Sie hatte fast vergessen, wie lächerlich sie mit ihrer Ausrüstung aussah, bis Zane seinen Blick über sie schweifen ließ.

„So ziehst du dich also dafür an?", fragte er.

„Ja. Es dient dem Schutz", blaffte sie, zog an ihrem Bandana und war sich der Schutzbrille nur allzu bewusst.

„Na, da bin ich erleichtert." Zane sah Max wieder an. „Einen Moment lang dachte ich, sie würde mit dieser

Schutzbrille im Teich schwimmen gehen und Thunfisch jagen wollen."

Max lachte. „Mom würde nicht für eine Million Dollar im Teich schwimmen! Die Brille soll die Augen vor den Stacheln der Kaktusfeige schützen. Sie besteht darauf, dass ich auch eine trage – wenn nicht, kann ich kein Partner sein."

„Ach so?", fragte Zane und lachte heiser.

Das Geräusch war auf eine nur allzu vertraute Weise beunruhigend und ließ ihren Puls höher schlagen.

„Deine Mom klingt wie eine kluge Frau", sagte Zane mit warmen Augen.

„Also, Jungs", sagte Rose und riss sich aus ihrem unglaublichen Gedanken. Sie warf Zane einen kühlen Blick zu. „Diese kluge Frau hat zu tun." Und das hatte sie! „Ihr zwei habt Spaß, oder was auch immer." Sie machte sich auf den Weg, und Zane lächelte, als wüsste er, was sie dachte. „Ähm, ich bin dann mal da draußen ", sagte sie und riss ihre Augen von ihm los.

Mit geraden Schultern zwang sie sich, ruhig über den Hof und in das Kaktusfeld zu gehen. Warum hatte er sie so angesehen? Warum hatte sie so darauf reagiert? Es war demütigend. Das war es wirklich.

Von einem großen Kaktus verborgen zog sie ihre Brille über die Augen. Sie wollte vor Frustration schreien, doch das konnte sie nicht. Stattdessen machte sie sich an die Arbeit.

Max' Lachen drang zu ihr. Widerstrebend sah sie in seine Richtung. Ihre Brust verkrampfte sich, und Tränen schossen ihr in die Augen. Sie wusste nicht, ob die Tränen darauf zurückzuführen waren, Max mit seinem Vater zu sehen, oder weil sie einen Eindruck davon bekam, wie es für sie hätte sein können. Wie sie sich das Leben mit Zane erträumt hatte … Wie sie als Familie hätten sein können.

Oder vielleicht weinte sie, weil sie beim Anblick von Zane einfach nur wahnsinnig frustriert und so wütend war, dass sie schreien wollte!

„Bingo", knurrte sie, schloss den Greifer um eine reife Frucht und riss sie vom Kaktus. Und die überreife Frucht belohnte sie damit, dass sie pinkfarbenen Brei über ihr Hemd und Gesicht spritzte. Was für ein großartiger Tag.

Max hatte die Aufgabe, mit Brenner und Zange die Stacheln von den Früchten zu brennen, zu einer Wissenschaft erhoben. Als er fertig war, hielt er Zane eine glatte Frucht entgegen.

„Cool was?" Er strahlte. „Jetzt ist sie essbar. Wusstest du, dass es Zeiten gab, in denen Kaktusfeigen zu dieser Jahreszeit so ziemlich das einzige waren, was die Indianer zu essen hatten? Die Kakteenfelder haben sich über Meilen erstreckt, und alle möglichen Stämme haben in ihrer Nähe ihr Lager aufgeschlagen."

„Ich wusste nicht, dass sie eine so große Nahrungsquelle sind."

„Die sind wirklich gut. Helfen auch bei Verbrennungen."

„Ich bin beeindruckt, mein Sohn."

„Danke, *Dad*", sagte Max und schenkte ihm ein Cantrell-Lächeln, bevor er ernst wurde. „Ich werde damit erfolgreich sein. Mama und ich."

Zane nickte, nicht sicher, wie er Max' klares Signal, dass es eine Solidarität gab, die er mit seiner Mutter teilte, die er jedoch nie mit ihm teilen konnte, aufnehmen sollte. Es war kein gutes Gefühl, auch wenn es ihm immer noch schwerfiel, sich darüber klar zu werden, dass das sein Sohn war. Er war nach Mule Hollow gekommen, um zu sehen, ob es eine Hoffnung auf ein Leben mit Rose geben konnte, und jetzt gehörte Max auch dazu. All die Jahre hatte sie ihn von diesem wunderbaren Kind ferngehalten. Einem Kind, das, wenn Zane es richtig verstanden hatte, gerade gesagt hatte, dass Zane, um eine echte, dauerhafte Beziehung mit ihm zu haben, mit Rose klarkommen musste. Eine große Herausforderung nach dem, was sie getan hatte – die Tatsache, dass er gerade fast mit ihr geflirtet hatte, erschreckte ihn.

„Also, du und meine Mom, ihr müsst euch wirklich gemocht haben?"

Zane war sich nicht sicher, wohin das Gespräch führen würde, und versuchte, etwas von seiner Überraschung zu verbergen. Doch selbst mit der Schutzbrille, die Max trug, durchbohrte sein durchdringender Blick ihn.

Zane warf Rose einen Blick zu, die halb verborgen erntete. Sein Bauch zog sich zusammen. Trotz der Entfernung sah er Wut in der Kraft, mit der sie arbeitete. Nachdem sie ihm sein Kind vorenthalten hatte, wusste er nicht, was er für sie empfand, doch er wusste, dass die einzige Antwort, die er Max geben konnte, eine ehrliche war.

„Ja, ich mochte deine Mutter sehr. Ich habe sie für die mutigste und ehrenhafteste junge Frau gehalten, die ich je getroffen habe." *Betonung auf habe gehalten.*

Max legte den Schweißbrenner ab, zog die Brille hoch und setzte sie auf seine Stirn. „Du wirst ihr das nicht übel nehmen, oder?"

Vaterstolz schwoll durch Zane. Max war ein junger Mann, der Herausforderungen offensiv zu begegnen schien. Und so zerrissen er auch war von dem, was in ihm vorging, was Rose betraf, wusste Zane, dass diese Eigenschaft daher rührte, wie sie Max erzogen hatte.

„Sie hat nur getan, was sie für richtig gehalten hat", fuhr Max fort. „Sie sagte, du bist am Tag gegangen, nachdem jemand versucht hatte, sie zu töten. Warum hast du das getan? Du hast sie verlassen, als sie dich am meisten gebraucht hat."

Zane kämpfte gegen den Drang an, seinen Kragen zu lockern – einen Kragen, der bereits aufgeknöpft war. Das Kind hatte Mut. „Du hast Recht. Ich habe es vermasselt. Ich hatte nie geplant, was zwischen uns passiert ist. Ich bin nicht stolz auf das, was ich getan habe." Die Tatsache, dass sein erstes ernsthaftes Gespräch mit seinem Sohn dieses Thema war, war an sich schon eine Strafe für vergangene Sünden. Wie sollte er darüber reden?

„Schau, für die meisten Leute bin ich noch ein Kind. Aber die meisten Leute wissen nicht, was Mom und ich alles durchgemacht haben. Meine Mutter hat mir von Anfang an klargemacht, wie wichtig es ist, auf die richtige Person zu warten, sie zu heiraten und eine Beziehung so zu erleben, wie Gott es beabsichtigt hat."

Zane war sprachlos. Doch Max war noch nicht fertig mit ihm.

„Und", fuhr er fort, „jetzt, da ich die Wahrheit über mich selbst weiß, verstehe ich mehr denn je, warum Mom so ehrlich zu mir war. Sie wollte nicht, dass ich es so versaue wie du. Sie will nicht, dass ich das Leben eines Mädchens versaue und sie so verlasse, wie du Mama verlassen hast."

Scham setzte sich in Zanes Magengrube fest. Er hatte im Laufe der Jahre Schuldgefühle gespürt, weil er seine Beziehung zu Rose persönlich hatte werden lassen. Doch noch nie hatte er es so stark gespürt. Die Tatsache, dass er nicht gewusst hatte, dass sie sein Kind erwartete, spielte keine Rolle. Tatsache war, dass er sie als ihr Beschützer und als der Mann, der sich um sie gekümmert hatte, im wahrsten Sinne des Wortes im Stich gelassen hatte, also schwieg er jetzt. Sein Sohn hatte es verdient, zu Wort zu kommen.

„Du bist davongelaufen. Das war ziemlich herzlos. Du bist ein Texas-Ranger. Du sollst ein guter Mann sein. Und meine Mutter hat mir beigebracht, dass ein guter Mann seine Verantwortung akzeptiert."

Der Junge nahm kein Blatt vor den Mund. Zane fühlte sich, als wäre er das Kind und Max der Vater. „Ich bin gegangen, weil ich deine Mutter in Gefahr gebracht habe. Ich habe mir Vorwürfe gemacht, weil ich sie fast verloren hatte. Ich war von meinen Gefühlen für sie abgelenkt, als der Schütze hinter ihr her war. Ich hätte ihn sehen sollen, ihn schon lange vorher spüren sollen. Ich bin gegangen, weil ich das Risiko nicht eingehen konnte, dass es noch einmal passierte."

Selbst jetzt verkrampfte sich sein Magen, als er an

den Moment zurückdachte, als er bemerkt hatte, dass Rose das Safehouse verlassen hatte. Die Tatsache, dass sie seinem direkten Befehl nicht gehorcht hatte, war für ihn kein Trost. Wenn er Distanz gewahrt hätte, wie es ihm beigebracht worden war, hätte Rose nicht daran gedacht, sich ihm zu widersetzen. Das hatte noch nie jemand getan. Doch er hatte sie an sich herangelassen, und deshalb hatte sie sich zu vertraut gefühlt und ihn nicht ernst genommen. Dafür hatte er teuer bezahlt.

„Meine Aufgabe war es, sie zu beschützen – egal, was es mich persönlich gekostet hat. Das bedeutete, egal was ich für sie empfunden habe, wenn ich das Gefühl hatte, meinen Job nicht richtig zu machen, musste ich mich ablösen lassen. Und das habe ich getan. Kannst du das als Mann nachvollziehen?" Er rieb sich die Hüfte, als ein dumpfer Schmerz in sein Bein ausstrahlte.

Der Schmerz und die Erinnerung an Roses Beinahe-Begegnung mit dem Tod ließen ihn über seinen jüngsten Auftrag nachdenken … den, der ihn letztendlich auf diese Reise gebracht hatte. Auch diesen Zeugen hätte er beinahe verloren. Fast hätte er sein Leben gegeben, um einen Kleinkriminellen zu beschützen, der als Kronzeuge gegen einen Geldwäschering aussagen sollte. Zanes Umsicht hatte dem Mann das Leben gerettet. Zane war bereits aktiv geworden, bevor der Wagen die Straßensperre durchbrochen hatte. Das war bei Roses Hinterhalt nicht der Fall gewesen. Dass sie die Schießerei überlebt hatte, war allein Gott zu verdanken gewesen und hatte nichts damit zu tun, dass er sie beschützt hatte. Das hatte er sich selbst nicht verzeihen können – wenn sie getötet worden wäre ... er konnte nicht einmal an diese Möglichkeit denken.

„Manchmal muss ein Mann Opfer bringen, um für seine Fehler zu bezahlen."

Eine lange Stille folgte, während Max über seine Worte nachdachte. „Ja, Sir", sagte er schließlich. „Ich glaube, ich verstehe. Aber du hättest dich verabschieden können. Sie wäre vielleicht nicht so wütend auf dich, wenn du auf Wiedersehen gesagt hättest. Und ..." Er holte tief Luft. „Und sie hätte sich vielleicht später bei dir gemeldet und dir von mir erzählt."

Er wollte nicht weiter über seine Beziehung zu Rose mit Max reden. Manche Dinge gingen zu tief und waren einfach zu persönlich. Ein Nicken musste genügen. Er konnte Max nicht sagen, dass er Angst gehabt hatte, bis zum Morgen zu warten. Wenn er versucht hätte, sich von ihr zu verabschieden, wäre er vielleicht nicht stark genug gewesen zu gehen. Es war seine geschworene Pflicht, sie zu beschützen, nicht, ihren zerbrechlichen emotionalen Zustand auszunutzen. Was er getan hatte.

Und davor hatte er all die Jahre Angst gehabt. Dass das, was sie für ihn empfunden hatte, aufgrund seiner Beschützerrolle wirklich einfach deplatziert gewesen war.

Erst nach seiner Nahtoderfahrung hatte er endlich beschlossen, dass er sich darüber klar werden musste. Und so war er nach Mule Hollow gekommen, um zu sehen, ob das, was sie gehabt hatten, echt war. Doch anstatt einer zweiten Chance hatte er so viel mehr bekommen. Gott hatte ihm die Gelegenheit gegeben, seinen Sohn kennenzulernen. Doch sein Groll gegen Rose blieb und mit ihm diese unleugbare Bindung, die er nicht loswerden konnte.

Rose kam gerade von der Weide, also nutzte er das, um das Gespräch nicht fortzusetzen. Was sollte er auch sagen?

Sie bewegte sich mit der schnellen Anmut einer Frau, die zu tun hatte. Ohne Vorrede stellte sie den Beutel neben ihn auf den Tisch, ihr Blick begegnete seinem wie ein schneller Wespenstich, bevor er zu Max wanderte. Sie hatte sich mit lila Saft bespritzt, über ihre Brille, ihre Wange und ihren Hals.

„Ich werde in der Küche arbeiten. Wenn du mich brauchst, ruf einfach", sagte sie zu Max und ging dann in Richtung Haus.

Es war klar, dass sie ihn um Max willen tolerierte –

genau wie er sie.

Warum konnte er seinen Blick nicht von ihr lösen?

„Klar", sagte Max und verriet ihr nicht, dass er Zane gerade ziemlich zurechtgewiesen hatte. Er schüttete ein paar traurig aussehende Früchte auf den Tisch. „Mom", sagte er lachend. „Was ist mit denen passiert? Du hast sie ermordet."

Sie zuckte zusammen. „Tut mir leid."

Zane lachte unerwartet und handelte sich einen scharfen Blick ein. Es ließ Max' Grinsen nur noch breiter werden, als sie ihre Augen wieder auf ihn richtete.

„Die brauche ich, sobald du sie fertig hast", sagte sie kühl, bevor sie mit schnellen Schritten auf das Haus zuging.

Max hob eine Schulter. „So ist sie, wenn ihr irgendwas im Kopf rumgeht." Er zog seine Schutzbrille herunter und nahm den Brenner. „Ich sollte besser weitermachen."

„Hört sich so an." Zanes Aufmerksamkeit wurde wieder auf das Haus gelenkt, vor dem Rose ihre Ausrüstung ablegte. Während er zusah, hob sie beide Hände und strich ihr Haar glatt, als würde das ihre Nerven beruhigen. Unerwartet warf sie ihm einen Blick zu und ertappte ihn dabei, wie er sie beobachtete. Sie erstarrte, dann riss sie die Tür auf und stapfte hinein.

„Ich mache mich besser auf den Weg. Ich muss Brady ablösen." Er wandte sich zum Gehen und blieb dann stehen. „Max, ich wollte deiner Mutter wirklich nie wehtun."

Max sah ihn düster an. „Ich glaube nicht, dass sie das weiß."

Er drückte Max' Schulter, wollte ihn stattdessen umarmen, war sich aber nicht sicher, ob jetzt der richtige Zeitpunkt war. „Wir sehen uns später."

„Ja, bis später."

Zanes Herz fühlte sich wie Blei an, als er in seinen Truck stieg und zurück in die Stadt fuhr. Für einen Mann, der alles immer schwarzweiß gesehen hatte, schien die ganze Welt plötzlich sehr grau zu sein.

KAPITEL NEUN

„Sie haben einen langen Weg vor sich", sagte Applegate am nächsten Morgen. Er hob eine buschige Braue. „Das wissen Sie, nicht wahr?"

Zane runzelte die Stirn über seinem Kaffee. „Ja, Sir", sagte er, resigniert, dass er gleich wieder kostenlose Ratschläge bekommen würde. Bei seiner düsteren Stimmung hätte er wahrscheinlich nicht ins Diner kommen und direkt ins Büro gehen sollen, doch er dachte heute nicht ganz klar.

Sam lehnte eine Hüfte gegen die Theke. „Ich weiß, dass Sie sich darüber ärgern, dass sie dem Jungen nicht erzählt hat, dass Sie sein Vater sind, aber nach allem, was uns gesagt wurde, hat dieses kleine Mädchen genug durchgemacht, dass die meisten daran kaputtgegangen wären."

„Ja", sagte Stanley laut, wie er und App

normalerweise miteinander sprachen. „Sie ist eine Überlebenskünstlerin. Kaum zu fassen, was sie alles durchgemacht hat. Wenn man sie so ansieht, würde man das nie denken."

„Und was jetzt?", polterte Applegate und kam von seinem vergessenen Damespiel herüber. „Sie müssen für sich kämpfen."

„Ich werde für meinen Sohn kämpfen", sagte Zane.

Stanley grunzte. „Ein kluger Mann würde für seine Familie kämpfen."

„Ich habe keine Familie." Da war immer noch dieser Groll über das, was er verpasst hatte – und der war unglaublich stark an diesem Morgen.

„Oh, Himmel noch mal!", zeterte Applegate. „Sei kein Narr, Junge. Du weißt gut, dass du eine Familie haben könntest. Wenn du über deinen Schatten springen und dich entschuldigen würdest, könntest du sie haben. Du hast Mist gebaut. Sie hat Mist gebaut. Kommt drüber hinweg und ran an den Speck."

„Also, App, das weiß er nicht, und du auch nicht", sagte Sam. „Rose hat ihren eigenen Kopf. Vielleicht will sie ihn gar nicht mehr. Vielleicht will sie ihm nicht verzeihen."

„Er könnte sie dazu bringen, ihn zu wollen, wenn er will", sagte Stanley und spuckte einen Sonnenblumenkern in den Spucknapf. „Ein Mann muss wissen, wann er für das kämpften sollte, was er will."

Sam funkelte ihn an. „Und ich sage, er kann kämpfen so viel er will, doch wenn Rose ihn nicht will, hat er keine Chance."

Okay, das war es dann mit den Ratschlägen für ihn. Zane stieß sich von der Theke ab. „Ich stehe genau hier, Gentlemen, also könnten Sie vielleicht aufhören über mich zu reden, als wäre ich nicht da?" Er hatte die ganze Nacht mit seinem nächsten Schritt gerungen.

Applegate runzelte die Stirn. „Ich muss sagen, ich bin mir nicht so sicher, ob du ganz hier bist. Ich meine, wenn du diese kleine Frau nicht ansehen kannst und siehst, dass sie ein Juwel ist, das es zu gewinnen gilt, dann muss da ein Loch in deinem Kopf sein."

Zane blinzelte seinen plötzlichen Ärger zurück. Er kannte diese alten Männer noch nicht lange, doch es war offensichtlich, dass sie sich mit ihren Meinungen nicht zurückhielten. „Dann denke ich, dass ich wohl ein Loch im Kopf habe." Er legte einen Dollar auf den Tresen und ging steif zur Tür. Er konnte den Dampf kochen spüren und wäre dankbar gewesen für ein Ventil, um ihn abzulassen.

Er war sich im Moment über nichts sicher, außer dass er eine Beziehung zu Max aufbauen wollte. Natürlich, er konnte nicht leugnen, dass trotz allem Gefühle in ihm brodelten, was Rose betraf.

Draußen warf er einen finsteren Blick in Richtung Boutique, als er den Bürgersteig zum Büro hinunterging. Er hatte zu viel Zeit. Bis jetzt war der mit dem Wechsel von Mrs. Lovelace' platten Reifen sein ereignisreichster Tag gewesen. Er hatte viel zu viel Zeit gehabt, um mit seinen Gedanken bei Rose zu verweilen. Er hasste es, sich bei der Arbeit zu wünschen, dass etwas passierte, doch selbst so etwas wie ein weiterer platter Reifen würde ihm eine kurze Atempause verschaffen. Vielleicht würde sich dann etwas von seiner Verwirrung verflüchtigen.

Doch das war Mule Hollow, was die Wahrscheinlichkeit gering machte, dass er abgelenkt werden würde. Er erinnerte sich immer wieder daran, dass es gut für das ruhige Städtchen war, dass sein Job langweilig war.

Zu seinem Erstaunen begannen die Telefone zu klingeln, sobald er das Büro betrat. Einem beladenen Viehtransporter war auf der Nordseite des County ein Reifen geplatzt, darum war er gegen einen Baum gefahren und umgekippt. Auf der Kreisstraße liefen deswegen jetzt gestresste Rinder herum. Sie riefen Purdys Abschleppdienst an, um den Truck abzutransportieren, während er und Brady das Vieh zusammentrieben, bis ein neuer Transport organisiert werden konnte. Unnötig zu erwähnen, dass es ein chaotischer Morgen war und sich der improvisierte Viehtrieb bis zum Mittagessen hinzog. Kaum hatten sie sich darum gekümmert, kam ein Anruf über ein Grasfeuer. Als er die Lichter des Streifenwagens einschaltete und Bradys Truck in Richtung Feuer folgte, beschloss er, dass es vielleicht eine schlechte Idee gewesen war, sich Ablenkung von Rose zu wünschen.

* * *

Rose hatte gerade die Tür für den Tag abgeschlossen, als Zane über die Straße ging und auf den Bürgersteig trat. Er sah müde und verschwitzt aus, als er seinen Hut abnahm und ihn in einer Hand hielt. Sie hatte ihn noch nie so zerknittert gesehen und war überrascht, ihn so zu sehen. Seine Stiefel und seine Jeans waren mit Schlamm verkrustet, und sein Hemd war feucht. Sein kurzes Haar klebte an seiner Stirn. Sie hatte von dem Viehtransporter und dem Feuer gehört.

„Hallo Rose."

„Hi", antwortete sie und bemühte sich, nicht zur Kenntnis zu nehmen, wie gut er sogar in seinem zerknitterten Zustand aussah. „Auch wenn ich es noch nicht gehört hätte, könnte ich dich ansehen und sagen, dass du einen anstrengenden Tag hattest."

Er schenkte ihr ein müdes Lächeln. „Ich war der

falschen Annahme, dass hier nie etwas passiert."

„Wir haben unsere Momente. Ich bin froh, dass der Mann, der den Viehtransporter gefahren hat, in Ordnung ist."

Er nickte. „Hier verbreiten sich die Nachrichten schnell."

„Das überrascht dich doch sicher nicht."

„Nicht wirklich." Sie musterten einander, während ein Moment peinlicher Stille verstrich.

„Ich wollte gerade gehen. Brauchst du was im Laden?"

„Nein."

Na dann, dachte sie und ging zu ihrem Auto.

„Rose", sagte er und holte sie ein. „Ich glaube, wir müssen reden."

„Wir haben geredet." Sie wich dem Problem aus, und sie wusste es.

„Ich meine *wirklich* reden. Diese Situation wird sich nicht von selbst beheben, es sei denn wir klären ein paar Dinge. Friedlich."

„Worüber willst du reden? Versuchst du, das Sorgerecht für meinen Sohn zu bekommen?" Die Worte waren heraus, bevor sie sie aufhalten konnte. Seit sie ihn und Max gestern zusammen lachen gesehen hatte, kämpfte sie mit schrecklichen Visionen, ausgeschlossen zu werden.

„*Unser* Sohn", sagte er fest.

Sie versteifte sich und fühlte sich unausgeglichen.

„Unser Sohn", echote sie nach einem Moment.

„Wir müssen einen Weg finden, miteinander auszukommen. Um Max' willen", fügte er hinzu. „Können wir das tun?"

„Für Max tue ich alles." Egal wie schwer.

„Sogar mit einer Schlange wie mir reden", bemerkte er mit dem Anflug eines Lächelns.

„Fordere dein Glück nicht heraus", warnte sie.

„Also, was schlägst du vor?", fragte sie. Er hatte ihre Frage zum Sorgerecht nicht beantwortet, doch sie machte sich keine Illusionen. Wahrscheinlich hatte er es absichtlich vermieden, darauf zu antworten. Wenn er versuchen wollte, das Sorgerecht für Max zu bekommen, dann war ihre beste Verteidigung vielleicht, ihn sie und Max in ihrer häuslichen Umgebung sehen zu lassen.

Er überraschte sie, indem er sich an ihr vorbei lehnte und ihre Autotür öffnete. Er roch nach Rauch und erinnerte sie daran, dass er den ganzen Nachmittag damit verbracht hatte, den Männern der Feuerwehr zu helfen, ein Grasfeuer unter Kontrolle zu bringen. Als sein Arm ihren berührte, erschauerte sie. Selbst nach allem, was zwischen ihnen passiert war, war sie sich noch nie in ihrem Leben eines Mannes so bewusst gewesen wie bei Zane.

Närrin.

„Ich habe eine Frage. Ich habe mich gefragt, ob es dir etwas ausmachen würde, wenn ich Max mitnehme, um mir ein Grundstück anzusehen, das mich interessiert. Haley hat mir den Schlüssel dagelassen, damit ich es mir heute Abend ansehen kann." Er hielt einen Schlüssel hoch.

Roses Herz setzte einen Schlag aus. Die Tatsache, dass Max ihm bei der Suche nach einem neuen Zuhause helfen sollte, ließ ihre Sorge nur wachsen. „Wenn er gehen will, stehe ich ihm nicht im Weg", sagte sie. Was sollte sie sonst sagen?

„Danke. Er hat mir erzählt, dass er eines Tages seine eigene Ranch haben will."

Ihre Eifersucht zeigte erneut ihre hässliche Fratze. Max sprach mit Zane über seine Träume. Es war normal, und sie musste sich für Max freuen. Er hatte seinen Vater in seinem Leben. Sie freute sich für ihn. „Ja. Er liebt alles am Leben hier. Hör zu, ich gehe zu Dottie, bevor ich nach Hause fahre, also kannst du einfach rausfahren und ihn abholen. Ich bin sicher, er bereitet mir eine neue Ladung Obst zum Kochen vor. Sag ihm, ich komme später, und er kann mit dir gehen und Spaß haben."

„Ich habe gehofft, wir könnten reden, nachdem ich

ihn nach Hause gebracht habe."

Sie rutschte hinters Steuer und fühlte sich krank. Er legte einen Arm über die Tür und beugte sich hinunter, während er auf sie hinabblickte. Es war zu intim für ihren Geschmack, als sie zu ihm aufsah. „Sicher", log sie.

Sein Blick wurde weicher. „Danke. Glaubst du, du könntest mir ein paar Bilder von Max zeigen, wenn wir zurück sind?" Bilder bedeuteten, sich hinzusetzen, Alben durchzublättern! Es bedeutete, ihre Vergangenheit zu teilen. Es bedeutete, ihre und Max' besondere Momente seinem Blick auszusetzen.

Aber ... wie konnte sie ihm das verwehren? „Ja sicher. Und, ähm, wir können Abzüge von allem machen lassen, wenn du willst."

„Hört sich gut an", sagte er und sah aus, als hätte sie ihm gerade die Welt versprochen.

Dass er so aussah, war gefährlich.

„Fahr vorsichtig", sagte er und klopfte auf das Dach des Autos, bevor er ihre Tür schloss.

Vorsichtig? Ha! Wenn sie vorsichtig wäre, hätte sie ihren schlimmsten Alptraum nie eingeladen, auf ihrem Sofa Platz zu nehmen und einfach so durch ihr und Max' Leben zu blättern.

KAPITEL ZEHN

Rose hatte gerade ein Schneidebrett voller Obst in einen ihrer vier Suppentöpfe geworfen, als sie Zane und Max kommen hörte. „Bleib ruhig", murmelte sie und wischte ihre feuchte Stirn mit dem Ärmel ab. „Alles wird gut."

Wird es?

Wie sollte sie positiv denken, wenn diese Stimme in ihrem Kopf solche Fragen stellte? „Ja, es wird." Wenn es eine Sache gab, in der sie gut war, dann, aus Zitronen Limonade zu machen. Nicht nur Zitronen, sondern verfaulte Zitronen. Und diese war so faul wie es nur ging. Zane würde ihren Sohn nicht nehmen.

Er würde es nicht.

Wenn er ein so liebenswerter Mann war, wie die ganze Stadt glaubte – Dottie eingeschlossen –, dann würde er es einfach nicht tun!

Sie hatte gedacht, dass Dottie ihr helfen würde, einen Spielplan auszuarbeiten, um den Mann von ihr und Max fernzuhalten, doch sie hatte sich leider geirrt. Dottie war neugierig gewesen, wie sie mit Zanes Ankunft umging, doch genauso wie Ashby war sie von der Situation begeistert.

Wie alle ihre und Zanes Vergangenheit verklärten, ging ihr auf die Nerven.

„Hey, Mom!", rief Max und platzte durch die Tür.

Er kam direkt zu ihr und umarmte sie, was sie sehr brauchte.

„Auch hey, Honey." Sie begegnete Zanes Blick über seine Schulter.

Er war gleich hinter der Tür stehen geblieben und sah so unbehaglich aus, wie sie sich fühlte. Es gab Rose ein gemeines Gefühl der Befriedigung – allein mit ihrem Unbehagen zu sein gefiel ihr nicht.

„Mom, wie wäre es, wenn Dad zum Abendessen bleibt?"

Roses Herz klammerte sich an *Dad,* und jegliche Freude, die sie empfunden hatte, verschwand. „Klar, warum nicht", brachte sie hervor und hob einen Mundwinkel wie ein Lächeln, doch ihre Hand zitterte, als sie nach den Topflappen griff. Es war normal, dass Max wollte, dass Zane blieb. Es war normal, dass er ihn Dad nannte.

Was meinst du mit normal? Nichts daran ist normal.

Rose verdrängte die hysterische Stimme. Sie musste nur lernen, damit klarzukommen.

Klarkommen. Klarkommen. Klarkommen. Sie ließ das Wort wie ein Mantra in ihrem Kopf kreisen. Sie konnte damit klarkommen. Sie war ein Meister im Klarkommen. „Warum gehst du dich nicht frischmachen", sagte sie, um es zu beweisen.

„Mach ich", sagte Max und legte seinen Arm um ihre Schultern, wie er es immer tat, seit er größer war als sie. „Ich bin am Verhungern, und nach dem Tag, den Dad hatte, bin ich mir sicher, er ist es auch." Er hatte sie so gedreht, dass sie Zane gegenüberstanden.

Zane stand immer noch in der Tür, und trotz ihrer Sorge über die ganze Situation spürte sie, wie ihr Herz zuckte.

Nicht gut. Überhaupt nicht gut. Die attraktiven, scharfen Kanten seines Gesichts änderten nichts an der Tatsache, dass er für sie wie ein Kind aussah, das am Rande von etwas stand, an dem er unbedingt teilhaben wollte. Ob sie wollte oder nicht, sie hatte Mitgefühl mit ihm.

„Wir können uns nach dem Abendessen die Bilder ansehen, die du von Max sehen wolltest. Bitte bleib."

Er verlagerte sein Gewicht von einem langen,

gestiefelten Bein auf das andere und nickte. „Das wäre schön."

„Oh-kay!", sagte Max. „Ich bin gleich wieder da." Sie sahen beide zu, wie er im Flur verschwand.

Als sie sich dem Herd zuwandte, hämmerte ihr Herz – was in Zanes Gegenwart jedoch normal zu sein schien. Natürlich konnte es die Angst vor dem sein, was er ihr nehmen könnte … nicht die Anziehungskraft von vor langer, langer Zeit.

Doch was auch immer es war, es bedeutete Ärger.

„Max hat mir erzählt, dass du heute Abend viel zu tun hast", sagte Zane und stellte sich neben den Herd. Er beugte sich vor und warf einen Blick auf das magentafarbene Gebräu in den Töpfen. „So, wie es aussieht, ist es mir unangenehm, mich aufzudrängen. Ich weiß, dass du dafür keine Zeit hast."

„Nein. Ich habe alles im Griff." Sie warf einen Blick auf die großen Töpfe auf den Herdplatten und dann auf das andere Obst, das sie vorbereitet hatte und das darauf wartete, gekocht zu werden. „Du kannst dir die Hände an der Spüle waschen, wenn du magst, oder geh einfach Max hinterher."

„Nein, schon gut", sagte er, nahm die Flüssigseife und wusch seine Hände.

Die Küche wirkte plötzlich zu eng, und sie wünschte sich, Max würde sich beeilen. Sie wusste nicht wirklich, was sie sagen sollte, darum sagte sie nichts. Sie starrte Zanes Rücken an, als er sich die Hände am Waschbecken schrubbte.

„Es riecht gut hier drin", sagte er und warf einen Blick über die Schulter.

„Süß", krächzte Rose, erschrocken darüber, beim Starren ertappt worden zu sein. „Nach einer Weile widerlich", platzte sie heraus. Sie nahm die Topflappen, öffnete ungeschickt den Ofen, und überlegte ernsthaft, ihren Kopf drinnen zu lassen – so peinlich war es ihr.

Zum Glück kam Max wenige Augenblicke später zurück in die Küche, als sie den Auflauf herausholte, und bewahrte sie vor einem ausgewachsenen Nervenzusammenbruch.

„Du solltest dir die Farm ansehen, die Dad überlegt zu kaufen. Sie ist wirklich schön." Er erklärte, welches Anwesen Zane ihm gezeigt hatte, als er drei Teller nahm und sie dann auf den kleinen Tisch in der Ecke stellte. Das Haus war nicht groß genug, um ein Esszimmer zu haben, und normalerweise reichte der kleine Tisch. Doch als Rose den Auflauf auf einen Untersetzer in der Mitte stellte, war ihr sehr bewusst, wie eng ein zusätzliches Gedeck die Sitzordnung machte. „Ich kenne das Anwesen", sagte sie. „Es hat schöne Eichen rund um das Haus."

„Es gefällt dir?" Zane lehnte sich mit der Hüfte

gegen die Theke und verschränkte die Arme vor seiner beeindruckenden Brust.

Sie nickte. Sie bemühte sich, nicht zu starren, und rührte in einem Topf Obst um.

„Mir hat es auch gefallen", sagte er. „Aber ich werde mir Zeit lassen. Hey, lass mich auch was machen. Was kann ich tun?"

„Du kannst die Gabeln nehmen", sagte Max und schnappte sich drei Gläser. „Nachdem du sowieso an der Schublade lehnst, kommt sonst keiner ran."

Zane schmunzelte. „Hey, Junge, pass auf, was du sagst."

Rose lachte. Es erschreckte sie, und sie nahm den Tee, um ihn in die Gläser zu gießen, die Max bereits mit Eis gefüllt hatte. Er und Rose hatten eine Routine, der sie folgten, um ihr Abendessen auf den Tisch zu bringen. Sie kam von der Zeit, die sie in Häusern mit anderen Familien verbracht hatten und alle mitgeholfen hatten. Es war nichts anders an dem, was jetzt in dieser Küche geschah … doch nichts war dasselbe.

Max plapperte munter drauf los und nannte sie Mom und Zane Dad. Und wenn Zane das Gefühl hatte, dass die Situation unbehaglich war, verhielt er sich nicht mehr so. Er benahm sich plötzlich wie zu Hause – was das Letzte war, was sie wollte. Oder?

Und es hörte nicht damit auf, dass er Gabeln und

einen Servierlöffel auf den Tisch legte. Als sie sich setzten, übertrug Max, der immer das Essen für sie gesegnet hatte, diese Ehre an Zane. Rose kämpfte gegen das ungute Gefühl an, das sich in ihr aufbaute. Max wurde mit der Situation ein bisschen zu vertraut. Doch sie wusste nicht, was sie dagegen tun sollte; sie war völlig verwirrt.

„Also, Max hat mir gesagt, dass du schon Bestellungen für dein Gelee hast."

Sie legte ihre Gabel auf den Teller und spürte das vertraute Prickeln der Aufregung, das sie immer bekam, wenn sie an ihr Geschäft dachte. Sie packte das Thema wie eine Rettungsleine. „Ja. Einige der Geschäfte aus der Gegend, die Süßigkeiten aus dem Süßwarenladen führen, haben sich bereit erklärt, mein Gelee anzubieten. Und ich verkaufe es am Stand, den der Süßwarenladen morgen Abend und Samstagnachmittag im *Barn Theatre* hat. Da viele der Leute, die für die Show kommen, Touristen sind, könnten sie interessiert sein."

„Im Moment ist es noch nichts Großes", fügte Max hinzu. „Aber wir haben Pläne."

Rose erklärte: „Max und ich arbeiten gerade an unserem Geschäftsplan, damit wir eine Finanzierung bekommen, um uns zu vergrößern."

„Das stimmt", sagte Max. „Wir versuchen, erste Verkaufszahlen zusammenzutragen und Bestellungen in der Hand zu haben, bevor wir die Bank um einen Geschäftskredit bitten."

Rose fühlte, wie sich eine Blase des Stolzes in ihrer Brust ausbreitete, als sie von Max zu Zane blickte. Er sah genauso stolz auf Max aus, wie sie sich fühlte, und ihre Blicke begegneten einander, als sie den Moment teilten.

„Ich weiß nicht, ob du es bemerkt hast, aber dein Sohn ist ziemlich ambitioniert." Sie sagte die Worte *dein Sohn*, bevor sie es überhaupt bemerkte. Zanes Augen weiteten sich und ließen sie wissen, dass er von ihrer Verwendung des Begriffs genauso überrascht war wie sie. Sie wusste, dass er es als Akzeptanz auffasste. Sie jedoch war sich nicht sicher, was es war.

„Das könnte man sagen", sagte er. „Als wir uns meine zukünftige Ranch angesehen haben, hat er schon über die Verwendung eines Kaktusfeldes verhandelt."

„Max", keuchte Rose.

„Hey, Dad ist nicht der einzige, den ich deswegen anspreche. Wenn wir dieses Geleegeschäft ausbauen wollen, brauchen wir mehr Kaktusfeigen, als uns unser bisschen Land liefern kann. Ist das nicht so?"

Sie konnte nicht anders, als seinem charmanten Grinsen nachzugeben. „Ich wusste nur nicht, dass du den Ball schon ins Rollen bringst."

„Mom, glaub mir, ich habe alles im Griff." Er sah von ihr zu Zane. „Alles."

Sie konzentrierte sich auf das Essen, und als sie fertig war, nahm sie ihren Teller, mehr als bereit, diesen Abend hinter sich zu bringen. Indem sie Zane zu sich nach Hause einlud, machte sie Max unbeabsichtigt falsche Hoffnungen, dass sie eine Familie werden könnten. Sie besänftigte das Unbehagen in ihrem Bauch und stand ein paar Minuten später auf.

„Ich denke, wenn wir fertig sind, sollten wir ins Wohnzimmer gehen und uns die Bilder ansehen."

„Das hört sich gut an", sagte Zane zögernd. „Bist du dir sicher, dass ein anderer Abend nicht besser wäre, wenn du heute Abend so viel zu tun hast?"

„Nein. Heute ist in Ordnung." Sie musste das hinter sich bringen. Ihn wieder aus ihrem Haus bekommen und ihm keinen Grund geben, es wieder zu betreten.

„Ich hole sie", bot Max an und verließ das Zimmer.

Rose starrte ihm nach. Er hasste es, Bilder anzusehen. Andererseits konnte man seinem Vater nicht jeden Tag zum ersten Mal ein Einblick in sein Leben geben. Dieser vertraute Anflug von Schuldgefühlen durchfuhr sie bei diesem Gedanken und trieb sie dazu, die Fassung zu bewahren. Sie würde die nächste Stunde überstehen, denn das war für Max.

„Ich sehe aus wie ein runzeliger Conehead", sagte Max

und beugte sich über Rose, um das Bild anzusehen, über das Zane gerade gelacht hatte.

„Tust du nicht", protestierte Rose. „Du bist wunderschön."

„Das musst du sagen. Du bist meine Mutter."

„Dann hattest du eben einen spitzen Kopf", sagte Zane, sein Herz warm vor Zuneigung, als er Max aufzog. „Aber ich muss deiner Mutter zustimmen. Du warst ein wunderschönes Baby."

„Hey!", rief Max. „Ich nenne dich auch nicht *schön!*"

Zane lachte. „Entschuldige. Du bist so hässlich wie eine runzelige Nacktkatze. Wie ist das?"

„Viel besser. Die Leute haben mir öfter in die Wangen gekniffen, als ich mich erinnern will."

„Das ist wahr", sagte Rose. „Er hat überall, wo wir gelebt haben, dafür gelitten, dass er so ein hübsches Kind war."

Zane versuchte, die Stimmung unbeschwert zu halten, doch es fiel ihm nicht leicht. Jedes Bild von Max und Rose, das er sich ansah, erinnerte ihn daran, dass er nicht bei ihnen gewesen war. Jede Bemerkung wie diese erinnerte ihn daran, dass sie wie Vagabunden gelebt hatten und quer durch das Land von Frauenhaus zu Frauenhaus gezogen waren. Es erinnerte ihn auch daran, dass Rose ihm das Recht verweigert hatte, für sie da zu sein.

„Hey, ich habe Gil versprochen, ihn vor neun anzurufen", sagte Max und sprang plötzlich vom Sofa auf. „Mom, ihr solltet einen Kaffee auf der Veranda trinken oder so", schlug er vor, bevor er aus dem Zimmer joggte.

Dieser kleine hinterlistige ... Zane war Max' geschicktes Manövrieren nicht entgangen, als sie ins Wohnzimmer gekommen waren, um sich Fotos anzusehen. Trotz Roses Protest hatte Max es geschafft, dass sie auf dem Sofa zwischen ihm und Zane saß. Jetzt rutschte sie schnell an die Stelle, die Max geräumt hatte, und ließ das Album zwischen sie gleiten. Kein Problem für ihn. Er war sich ihrer in der vergangenen Stunde mehr als bewusst gewesen. Er blickte vom Flur zurück zu Rose. Verlegenheit stand ihr in ihr schönes Gesicht geschrieben. Ja. Er hatte sich den ganzen Abend dazu hingezogen gefühlt, sie immer wieder anzusehen. Und er war sich nicht mehr sicher, wie er sich dabei fühlte.

„Ich habe zu viel von deinem Abend in Anspruch genommen", sagte er und stand auf, um von ihr wegzukommen. Er fragte sich, ob ihr bewusst war, dass Max scheinbar versuchte, sie zusammenzubringen.

Sie stand ebenfalls auf und ging in Richtung Küche, wo die Luft von der Süße der kochenden Früchte schwer war. Er hatte vorgehabt, sofort zu gehen, aber als sie einen großen Topf vom Herd auf einen Untersetzer stellte und schnell einen weiteren Topf auf die heiße Herdplatte stellte, wollten seine Stiefel sich nicht bewegen. Nein, sie klebten am Boden fest, obwohl sie Max' Vorschlag nicht angenommen und ihn zum Kaffee auf die Veranda eingeladen hatte. Das allein hätte seine Aufforderung sein sollen zu gehen.

„Ich könnte helfen, wenn du mich brauchst."

„Was? Nein." Sie leerte gerade ein Sieb voller Kaktusfeigen in den Topf mit Wasser und warf ihm einen Blick über die Schulter zu. „Das brauchst du nicht. Du musst morgen arbeiten, also solltest du nach Hause gehen."

„Du musst morgen auch arbeiten."

Sie griff nach einem weiteren vollen Sieb. „Ich komme schon klar."

Als sie ihn nicht ansah, fühlte er sich, als wäre er gerade weggeschickt worden. Es gab wirklich nichts anderes, was ihn bleiben ließ. Er nahm sich seinen Hut von der Hutablage. „Dann werde ich wohl gehen. Danke, dass du mir die Bilder gezeigt hast. Und für das Abendessen."

Sie drehte sich um, ihr Gesicht war von der Hitze des Ofens gerötet. „Gute Nacht." Ihre Stimme war weich. Ihre Augen glasig.

Sein Magen verkrampfte sich, als er sie ansah, und er trat zurück und spürte die Fliegengittertür hinter sich.

„Dir auch." Sie nickte mit einem schwachen Lächeln und wandte sich wieder ihren Kaktusfeigen zu.

Zane hätte beinahe einen Schritt auf sie zu gemacht, doch er wandte sich ab und brachte einen Abstand zwischen sie, so schnell es sein schmerzendes Bein zuließ. In seinem Kopf schwirrten die Gedanken – er dachte nur daran, wie küssbar sie ausgesehen hatte. Seit er von Max erfahren hatte, hatte er eine erstaunliche Folge von Emotionen durchgemacht, von Wut bis zu diesem ... diesem Bedürfnis, sie zu halten. Ihr Herz neben seinem schlagen zu spüren.

Doch sie hatte ihn angelogen.

Er blieb vor seinem Truck stehen, schlug mit den Handflächen auf die Motorhaube und starrte gen Himmel. Sie hatte nicht gelogen – sie hatte ihm einfach nicht erzählt, dass er einen Sohn hatte. In Gedanken hatte sie das Gefühl, dass ihre Handlungen gerechtfertigt waren, da er sie verlassen hatte ... sie im Stich gelassen hatte. Es gab keinen Zweifel daran, dass Rose nicht glücklich sein würde, falls sie jemals herausfand, dass er darüber nachgedacht hatte, sie zu küssen.

Und konnte er es ihr verdenken?

KAPITEL ELF

B rady hatte keine Witze gemacht, als er gesagt hatte, dass in Mule Hollow am Wochenende viel los war. Am Freitagabend traf Zane früh im *Barn Theatre* ein, wo er „den Frieden wahren" sollte. Brady hatte geschmunzelt, als er die Worte gesagt hatte.

Zane war beeindruckt von der alten Scheune, die Ross Denton und seine Frau Sugar in ein traditionelles Theater umgebaut hatten. Es war ziemlich rustikal, aber einzigartig. Und nach allem, was man ihm erzählt hatte, schien das Interesse von Leuten, die aus der Umgebung für die Show am Freitagabend oder für eine der zwei Samstagsshows kamen, ziemlich groß zu sein.

Er kam früh an und stand am Rande, während alle ihrer Arbeit nachgingen. Er war im Grunde da, um dafür zu sorgen, dass niemand wild parkte, also versuchte er einfach aus dem Weg zu gehen, bis er gebraucht wurde.

„Zane", riefen Applegate und Stanley vom ehemaligen Heuboden, wo sie mit Ton und Licht halfen.

„Wie geht's, Gentlemen?" Er konnte sich ein Lächeln nicht verkneifen.

Die beiden Männer mit den Falkenaugen sahen dort oben genauso wachsam aus wie an ihrem Fensterplatz bei Sam. Hier geschah nichts, was sie nicht sahen.

„Siehst aus, als hättest du eine anstrengende Nacht hinter dir!", rief Applegate.

Ihnen entging nichts. „Sie hören vielleicht nicht mehr so gut, aber an Ihren Augen ist nichts auszusetzen."

Applegate lachte. „Mein Kopf funktioniert auch noch recht gut. Was ist mit deinem?"

„Ja", fragte Stanley. „Schon über alles klar geworden? Hast du das Loch in deinem Kopf repariert?"

Mehrere Leute hörten das Gespräch – sie hätten taub sein müssen, um es nicht zu tun, und warfen ihm neugierige Blicke zu.

Da er ungern seine Sorgen mit der Welt teilte, entschied er, dass es an der Zeit war, zu gehen. Apps und Stanleys Lachen folgte ihm.

Sie hatten Recht, und sie wussten es. Er hatte sich letzte Nacht den harten Fakten gestellt. Alles, was sie getan hatte, war eine Reaktion auf das, was er getan hatte. Seine Schuld und damit seine Aufgabe, es aus der

138

Welt zu schaffen.

Kaum war er in die Sonne hinausgetreten, als Norma Sue, Esther Mae und Adela vorfuhren. Norma Sue hielt ihren großen viertürigen Truck vor dem Theater an und stieß die Tür weit auf.

„Hey Cowboys, könnt ihr uns helfen? Wir liefern frische Pralinen für den Verkaufsstand."

Sie sprang aus dem Truck, als Esther Mae vom Rücksitz und Adela vorne ausstiegen.

„Zane, Sie nehmen das hier, ja?"

„Sicher." Er nahm eine große Kühlbox von der Ladefläche des Lastwagens, und Ross, der Theaterbesitzer, kam herüber und nahm die andere. Adela hielt die Tür des kleinen Imbisswagens auf, der ein paar Meter vom Eingang des Theaters entfernt geparkt war. Sie stellten ihre Ladung ab und gingen dann zurück, um mehr zu holen.

Zwei Gänge später verabschiedete sich Ross, um sein Kostüm anzuziehen, und ließ Zane mit den Kupplerinnen allein. Er war ihnen ein paarmal bei Sam begegnet, und sie waren ihm ein wenig unbehaglich. Sie fragten ihn immer, ob er Rose gesehen hatte. So, wie Max am Abend zuvor seine Agenda nicht allzu bemüht versteckt hatte, liefen diese Damen praktisch mit Bannern um ihn und Rose herum.

„Also, wie fühlt es sich an, Vater zu sein?", fragte

Norma Sue, als sie eine kleine Kühlbox neben ihm her trug. Adela und Esther Mae waren im Imbisswagen und bereiteten alles für das Geschäft vor.

„Es ist großartig." *Fantastisch. Unglaublich.*

„Ein kleiner Schock, nicht wahr?"

„Nur ein bisschen. Aber wir machen die verlorene Zeit wett."

Sie ließ ihre Kühlbox neben der Tür auf den Boden fallen und rief hinein: „Hier ist die letzte Ladung, Mädels!" Dann drehte sie sich zu ihm um, die Hände in die Hüften gestemmt. „Also, sind Sie über die Wut und den Frust über das, was sie getan hat, weg?" Hier kam es. Zuerst die Damespieler, dann die Kupplerinnen. Er hatte schnell erkannt, dass die Leute von Mule Hollow kein Blatt vor den Mund nahmen.

Seine erste Neigung war, ihr zu sagen, dass es sie nichts anging, doch er tat es nicht. „Ich arbeite dran."

„Gut. Intelligenter Mann. Vermissen Sie es, Ranger zu sein?"

Er kippte seinen Hut zurück, froh, zu einem anderen Thema überzugehen. „Ja, das tue ich. Aber ich passe mich an."

„Mule Hollow ist viel ruhiger als Sie es gewohnt sind, da bin ich mir sicher."

Er nickte.

„Ich habe letztes Jahr im Fernsehen gesehen, wie

einige von Ihnen einen Zeugen zu einem Prozess eskortiert haben. Sie waren alle bis an die Zähne bewaffnet, und der Mann hatte eine schwarze Maske über dem Kopf, um seine Identität zu verbergen. Was für eine Show. Haben Sie sowas oft gemacht?"

Seine Hüfte sandte einen Stich in sein Bein. „Ein paarmal."

Offensichtlich hatte Esther Mae das Gespräch mitgehört und steckte den Kopf durch das offene Fenster des Imbissstandes. „Haben Sie Rose so ins Gerichtsgebäude gebracht, als sie ausgesagt hat?"

„Ja, Ma'am."

„Oh, ich kann mir nur vorstellen, wie schrecklich das gewesen sein muss."

„Es ist nichts für schwache Nerven."

„Und die hat unsere Rose ganz sicher nicht", fügte Norma Sue hinzu. Und als hätten ihre Worte sie gerufen, fuhr Rose über den Weiderost hinweg und steuerte direkt auf sie zu.

Max stieg als erster aus. „Tut mir leid, dass wir spät dran sind. Wir hatten einen Platten!"

Rose sah nervös aus. „Max hat mir aber geholfen, ihn zu reparieren. Er ist mein Held." Sie öffnete den Kofferraum und Zane ging zu ihr, um zu helfen. Was war mit diesem County und den vielen platten Reifen?

„Das hast du gut gemacht, mein Sohn", sagte er.

„Ich sehe mir das Auto an, bevor ihr wieder wegfahrt."

Rose sah zu ihm auf. „Das musst du nicht tun."

„Das muss ich, und ich werde", sagte er. „Ich werde auch dafür sorgen, dass der platte Reifen repariert wird, damit du wieder anständigen Ersatz hast."

„Nein, danke", sagte sie hartnäckig.

„Willst du nächstes Wochenende nicht dein Gelee im ganzen County ausliefern?" Das hatte Max ihm gesagt.

„Ja, aber ich bin durchaus in der Lage, mein Auto in gutem Zustand zu halten. Und Max dasselbe beizubringen."

„Der Platte kommt von einem Nagel", sagte Max und joggte neben sie. „Ich habe den Reifen neben der Veranda abgestellt, damit du rauskommen und wir ihn zu Purdys Werkstatt bringen und reparieren lassen können."

„Ich werde das machen. Und wenn wir schon dabei sind, können wir noch ein paar andere Dinge zur Autowartung besprechen."

„Klar, Dad. Hey, ich muss los, ich soll die Programme aus dem Büro holen und ein paar andere Sachen, bevor die Leute ankommen."

„Schau", zischte Rose, sobald Max außer Hörweite war. „Ich kann mich selbst um mein Auto kümmern. Du musst keine Verantwortung dafür übernehmen. Ich kann damit umgehen, dass du Max kennenlernen willst, aber das war's. Drücke ich mich verständlich genug aus?" Sie strich sich die Haare aus dem Gesicht und funkelte ihn an. Ihre kobaltblauen Augen blitzten im Sonnenschein.

„Völlig klar", sagte er. „Ich habe nur versucht zu helfen."

„Dann lass das."

Verdutzt beobachtete Zane, wie sie eine große Kiste Gelee aus dem Kofferraum wuchtete. Seine erste Neigung war, sie ihr abzunehmen, doch in Anbetracht ihrer derzeitigen Stimmung, bestand die Möglichkeit, dass sie ihn dafür ohrfeigen würde.

„Du siehst müde aus", sagte er stattdessen. Vielleicht war es das. Er hatte so viel von ihrer Zeit in der Nacht in Anspruch genommen, dass sie länger gearbeitet hatte, und jetzt bezahlte sie dafür … und ließ es an ihm aus.

„Wow, herzlichen Dank auch", blaffte sie und marschierte an ihm vorbei. Zane riss sich den Hut vom Kopf und sah ihr zu, wie sie über das Gras zum Imbisswagen ging, bevor er die andere Kiste Gelee nahm und ihr folgte.

„Hallo, Ladys", sagte sie und schob ihre Kiste auf die breite Theke, die sich über die gesamte Länge des Wagens erstreckte. „Besser spät als nie." Sie warf ihm einen vernichtenden Blick zu, als er neben sie trat und seine Kiste vor Adela stellte.

Sie lächelte ihn an und nahm ein Glas aus seiner Kiste. „Oh, die sieht wunderbar aus. Die Farbe ist perfekt."

Das Licht schien durch das Glas mit dem rubinroten Gelee. Zane wusste nicht viel über Gelee, nur dass er ihn auf Toast mochte und dieser hier köstlich aussah.

„Oh, und schau mal", gurrte Esther Mae und spähte in die Kiste. „Der Stoff über den Deckeln sieht süß aus. Ich liebe diesen Kaktus-Print!"

„Danke", sagte Rose. „Ich finde ihn auch süß."

Zane befand sich offiziell auf weiblichem Territorium. „Wirklich nett", sagte er.

Esther kicherte. „Ja, natürlich. Sieht das nicht aus wie Norma Sue in einem Rock? Kurz und rund."

„Jetzt pass aber auf", protestierte Norma Sue und ballte die Fäuste. „Sieht dir ähnlicher, wenn du mich fragst."

Zane schmunzelte. „Das ist so weiblich, Stoff über ein Einmachglas zu binden." Alle Damen außer Rose lachten.

Sie stand nahe genug, dass er ihren süßen Duft riechen konnte und doch fühlte es sich an, als wären sie Kontinente voneinander entfernt. Trotz aller Gründe, es nicht zu tun, wollte er sie in seine Arme ziehen. Sie sah zu ihm auf und raubte ihm den Atem. Er trat abrupt einen Schritt zurück, riss seinen Blick von ihr los und stellte fest, dass Norma Sue ihn angrinste. Auch Esther Mae und Adela lächelten.

Rose begann, Gelee aus der Kiste zu packen und jedes Glas auf den Tresen zu knallen. Ihr Gesicht war dabei gerötet.

„Also erzähl, Rose", sagte Esther Mae. Aufregung über das, was sie alle in seinen Augen gesehen hatten, klang in ihrer Stimme. „War es aufregend, als Zane dich beschützt hat, oder hattest du Angst? Ich hätte Angst gehabt."

„Ich nicht", sagte Norma Sue. „Schau dir diesen Mann an." Sie musterte ihn mit einem anerkennenden Blick. „Ein kräftiger Mann, der bereit ist, sein Leben zu riskieren, um mich zu beschützen – nein, ich hätte mich seiner Obhut ergeben und mir keine Sorgen gemacht."

Zane kämpfte gegen die alten Schuldgefühle an, die ihre Worte in dem Moment freilegten.

Adela beobachtete ihn aufmerksam. Er wandte den Blick ab, nur um Roses Blick zu begegnen. Sie wusste genau, wie falsch diese Einschätzung seiner Fähigkeiten gewesen war, wenn es um ihre Sicherheit ging.

„Ich hatte keine Angst", sagte sie ohne zu zögern und hielt seine Augen fest. „Zane ... ist sehr gut in seinem Job."

Ihre Worte, so gezwungen sie klangen, waren wie ein Eimer Eiswasser in sein Gesicht. „Ich muss mich an die Arbeit machen", sagte er.

Er tippte sich an den Hut und ging auf das offene Feld zu. Sie hatte die alten Damen angelogen. Er wusste es, und sie wusste es, und es verdrehte ihm die Eingeweide, zu wissen, dass sie ihnen eine Lüge erzählt hatte, um seinen Ruf zu schützen. Sie wäre beinahe erschossen worden, weil er seinen Job nicht richtig gemacht hatte. Doch das richtigzustellen hätte zur Folge, sie eine Lügnerin zu nennen und das würde er nicht tun … zumindest nicht in der Öffentlichkeit.

Rose hatte fast die ganze Nacht gearbeitet, nachdem Zane ihr Haus verlassen hatte. Sie hatte vor der Wahl gestanden, das zu tun, oder die Nacht damit zu verschwenden, sich hin und her zu wälzen. Zane in ihrem Haus zu haben, neben ihm auf dem Sofa zu sitzen und sich Fotos anzusehen, war schon schwer genug für sie gewesen. Zu erkennen, dass Max versuchte, sie zusammenzubringen, war eine Qual.

Zane war auf keinen Fall entgangen, dass Max die Sitzordnung inszeniert hatte. Er hatte auch nicht die hoffnungsvollen Blicke übersehen können, die ihr Sohn ihnen im Laufe des Abends mehrmals zugeworfen hatte.

Hier anzukommen und Zane zu sehen, der viel zu gut aussah, war das Letzte, was sie brauchte. Ja, sie war gereizt. Wer wäre das nicht?

Sie hatte sich auf die Lippe gebissen und ihre Emotionen heruntergeschluckt, während sie zusah, wie Zane über die Weide stürmte. Er hinkte. Die Erkenntnis verursachte einen ungewollten Schmerz in ihrem Herzen. Max hinkte auch, wenn er sich die Knie aufschürfte. Es war jedoch nicht das Hinken, sondern wie es dazu gekommen war.

Sofort liefen ihre Gedanken Amok, und sie fragte sich, ob es davon kam, dass er sich vor jemanden geworfen und ihn mit seinem Leben beschützt hatte. Denn sie wusste ohne Zweifel, dass er es in seiner Karriere mehr als ein paarmal getan hatte. Dass er es ohne Zögern tun würde, wenn es darum ging, wen auch immer zu beschützen.

Sie erinnerte sich an seinen Gesichtsausdruck kurz nach dem Anschlag auf ihr Leben. Sie waren im Garten vor dem Safehouse gewesen. Er hatte ihr verboten, rauszugehen, gesagt, es sei nicht sicher. Doch sie war zu lange in diesem Haus eingesperrt gewesen, und an diesem Tag war sie nur für einen Moment nach draußen gegangen. Als er herauskam, um sie zu holen, war er wütend gewesen, doch sie hatte ihn geküsst und sich über ihn lustig gemacht, weil er ein Schwarzseher war.

Er hatte sie angesehen und gelächelt, als die ersten Schüsse gefallen waren.

Schnellfeuer. Sie hatten sich eher wie Trommeln hinter ihr angehört, und sie hatte nicht gewusst, was sie hörte. Zane jedoch schon. Er hatte sie auf den Boden geworfen, sie mit seinem Körper abgeschirmt und sie dann hinter einen Tisch gerollt, den er irgendwie auf die Seite geworfen hatte. Sie konnte immer noch nicht alles begreifen, was in diesen Sekunden passiert war, bevor er sie ins Haus gezerrt hatte.

Danach hatte er Befehle ins Handy gebellt, und innerhalb weniger Augenblicke hatte er sie im Fußraum des SUV kauern lassen, während er den Wagen wie ein Profirennfahrer in Sicherheit gefahren hatte.

Er hatte die ganze Zeit, als sie unterwegs waren, kein Wort mit ihr gesprochen. Doch sie konnte in seinen Augen sehen, dass ihn die Sache gequält hatte. Am nächsten Morgen war er weg gewesen. Bis er hier aufgetaucht war, hatte sie ihn weder gesehen noch wieder von ihm gehört.

Irgendwie hatte sie wegen ihrer Wut all die Jahre vergessen, wie heldenhaft er gewesen war. Wie beunruhigt er gewesen war über das, was er sicherlich als Versagen seinerseits betrachtet hatte.

Vergessen, dass er an diesem Tag für sie gestorben wäre. Sie hatte es am nächsten Morgen vergessen, als er weggegangen war. Alles, was sie in diesem Moment hatte denken können, abgesehen von der Tatsache, dass sie verängstigt gewesen war, war, dass sie ihm mit ihrer Weigerung, seinen Befehlen zu gehorchen, auf die Nerven gegangen war, und jetzt hatte er die Nase voll von ihr. Wenn sie jetzt darüber nachdachte, konnte sie sich nicht bewegen.

„Wenn er dich ansieht, könntest du glatt Speck in seinem Blick braten", sagte Esther Mae.

Rose blinzelte und schüttelte den Kopf. „Er hat einfach von Natur aus einen intensiven Blick. Kommt vom Einschüchtern all der Verbrecher in seinem Job."

„Schäm dich, Rose Vincent." Norma Sue kicherte. „Deine Augen sind viel jünger als unsere, und du weißt nur zu gut, dass zwischen euch etwas vor sich geht. Jeder kann es gehen."

„Es ist nichts zwischen uns." Nicht mehr. Es würde auch nichts mehr geben. Abgesehen von Max.

Ihre angespannten Gefühle lösten sich auf, als alle sie anstarrten, ihre Mienen entschlossen. Entschlossen, sie zu verkuppeln. Sie wusste es. „Oh nein", schnaubte sie und sah alle drei streng an. „Das werdet ihr nicht tun. Ich weiß, was das Beste für mich ist, und was ihr drei denkt ist es nicht. Ich sage euch, das ist es nicht. Ihr habt keine Ahnung, was ihr hier versucht."

„Du denkst zu viel", sagte Norma Sue.

„Stimmt", brummte Esther Mae. „Nur weil ihr eine Vergangenheit habt, in der ihr, nun ja …" Sie errötete leicht. „Okay, wo ihr die gottgewollte Reihenfolge der Dinge ignoriert habt. Das heißt nicht, dass sich das nicht alles wieder in Ordnung bringen lässt."

Rose machte sich wieder daran, Gläser aus der Kiste zu nehmen.

„Was ist mit Max?"

Adelas sanfte Worte brachten Rose dazu aufzublicken. „Ihm geht's gut."

„Bist du sicher?"

Nein. „Er und Zane bauen eine schöne Beziehung auf", sagte sie und bemühte sich, das Entsetzen, das sie angesichts der unausgesprochenen Bedrohung empfand, nicht zu zeigen.

Sie nahm die leere Kiste vom Tresen und wandte sich ab. Autos fingen an, über den Weiderost zu fahren und warteten darauf, dass Zane sie zu ihrem Parkplatz dirigierte. Er raubte ihr den Atem – es war so, da führte kein Weg daran vorbei. Alles an der körperlichen Erscheinung des Mannes gefiel ihr. Die Art, wie er sich bewegte, wie er aussah, wie er einfach nur dastand und die Leute auf ihn aufmerksam wurden. Als sie ihn anstarrte, blickte er aus der Ferne zu ihr herüber. Die Umgebungstemperatur stieg mit einem Blitz dieser goldenen Augen sprunghaft an. Sie holte tief Luft und wandte sich ab.

„Honey, dieser Mann ist in dich verliebt", sagte Norma Sue, und ihre Freundinnen stimmten ihr zu.

Rose stöhnte. „Hört auf. Ich muss mein Auto wegfahren", sagte sie. „Wenn ich zurückkomme, will ich nichts mehr darüber hören. Bitte. Nein. Seht mich nicht so an. Ich meine es ernst. Ich weiß, dass ihr drei die besten Absichten habt, aber ihr müsst mir versprechen, dass ihr euch zurückzieht. Es besteht bereits das Risiko, dass Max verletzt wird, weil er so sehr möchte, dass ich und Zane zusammenkommen. Eure Einmischung könnte alles noch schlimmer machen. Versteht ihr?"

Die Damen sahen sich an und ihre entzückten Mienen wurden ernst.

„Versprecht mir, dass ihr meinen Sohn nicht zum Kuppeln ermutigt", wiederholte Rose. Sie fühlte sich ein wenig erleichtert, als sie nickten. „Okay, gut", sagte sie und eilte dann zu ihrem Auto, wo sie sich auf den Fahrersitz fallen ließ. Als sie die Tür zuzog, genoss sie die Ruhe … doch selbst die Stille beruhigte den Aufruhr in ihr nicht. Ganz gleich, was alle dachten, Zane war nicht in sie verliebt … er liebte ihren Sohn.

KAPITEL ZWÖLF

Rose war heiß und sie war müde, als sie am Montag mit vier Eimern Früchten durch das Feld stapfte. Sie machte Überstunden, weil ihre Kaktusfeigen zu schnell reiften, um sie zu pflücken. Und Max, der ihr heute hatte helfen wollen, war an diesem Morgen aufgewacht und hatte ihr erzählt, dass Norma Sue angerufen hatte, um ihn um Hilfe mit ein paar Kälbern zu bitten. Das war unerwartet, doch sie wusste, dass er sein Versprechen halten würde, die Arbeit nachzuholen.

Sie hatte gerade Max' Abfackeltisch erreicht, wie er ihn gerne nannte, als Zane die Auffahrt heraufkam. Wenn sie angenommen hatte, dass ihr Tag nicht schlimmer werden konnte, hatte sie sich geirrt.

Am Tag zuvor hatte er in der Kirche ein beigefarbenes Sakko zu seiner Jeans getragen, und das rostrote Hemd unter der Jacke hatte seine gebräunte

Haut perfekt zur Geltung gebracht. Sie hatte nicht anders gekonnt, als es zu bemerken. Nur Blindheit hätte das verhindern können, und das traf auf jede Singlefrau in Mule Hollow und Umgebung zu.

Max hatte sich dafür entschieden, während des Gottesdienstes bei Zane zu sitzen. Er und Gil saßen manchmal zusammen in der ersten Reihe, also hätte es sie nicht sonderlich stören sollen, dass er sich entschied, bei seinem Vater anstatt bei ihr zu sitzen. Doch es schien, als würde sie alles an Zane in ihrem Leben stören. Das war gestern gewesen. Heute trug er ein weiches Chambrayhemd, das so ausgewaschen war, dass es blass wie ein Aquarellhimmel war, und die figurbetonte Jeans, die er trug, war fast genauso blass. Und es stand ihr *absolut* nicht zu, seinem Aussehen so viel Aufmerksamkeit zu schenken.

Er hatte nie gesagt, dass er versuchen würde, das Sorgerecht für Max zu bekommen, und doch wurde sie den Gedanken nicht los … Sie hätte am Samstag nicht hässlich zu ihm sein sollen. Sie hätte sich von ihrer besten Seite zeigen sollen, wenn er in der Nähe war, doch es war unmöglich. Sie fühlte sich wie ein Feuerwerkskörper, der bereit war zu explodieren, wenn er in der Nähe war. Wenn er versuchen würde, ihr Max wegzunehmen, konnte er sich auf einen Kampf gefasst machen.

„Du siehst aus, als könntest du Hilfe gebrauchen", sagte er, als er seine Pilotenbrille abnahm und seine Augen enthüllte, die warm im Sonnenlicht glitzerten.

„Nein, ich komme schon klar." Das tat sie nicht.

„Ja." Er schmunzelte. „Das sehe ich. Du hast zehn Eimer Obst, die auf dich warten. Du siehst erledigt aus."

„Warum musst du mir immer sagen, dass ich fertig aussehe. Ich bin weder fertig, erledigt, noch erschöpft. Und ich sagte, ich komme klar, also komme ich klar."

Er zog eine Braue hoch und nahm ein Paar Handschuhe aus seiner Gesäßtasche. „Und schlecht gelaunt."

„Warte – was machst du da?"

Er schlüpfte in einen Handschuh. „Ich helfe dir. Ich wäre früher hier gewesen, doch am Ende musste ich für Brady im Büro einspringen, weil Dottie einen Arzttermin hatte."

„Ja, sie hat angerufen und mir gesagt, dass sie Schmerzen hatte und Brady darauf bestanden hat, sie zum Arzt zu begleiten. Warte. Was meinst du, du wärst früher hier gewesen?"

„Max hat mich gebeten, dir zu helfen. Er sagte, du könntest wirklich Hilfe gebrauchen. Dass er was zu erledigen hatte und ein schlechtes Gewissen hat, dass er dich sitzengelassen hat. Er sagte, du würdest „arbeiten wie ein Hund". Das waren seine genauen Worte. Wie konnte ich da nein sagen?"

Ohhh, dieser Junge! Sie zwang sich zu einem Lächeln, spürte die Anspannung, während sie einen frustrierten Schrei unterdrückte. „Ich komme wirklich klar. Wenn ich Hilfe gebraucht hätte, hätte ich jemanden um Hilfe gebeten."

Er zog eine Braue hoch und zupfte am zweiten Handschuh. „Ja. Max sagte, du würdest noch mit deinem letzten Atemzug leugnen, dass du Hilfe brauchst."

„Keine Ahnung, wie er darauf kommt", brummte sie. „Jemand hat das hier geplant, und ich für meinen Teil habe nicht vor, darauf hereinzufallen. Ich bin sehr wohl in der Lage, mich allein um mein Geschäft zu kümmern, und das weißt du. Also bitte, genieß deinen freien Tag und tu, was immer du vorhattest, bevor dein Sohn auf dumme Ideen gekommen ist."

„Ich wusste genau, was er vorhatte." Sein Blick bohrte sich mit einer Intensität in ihren, die sie erschauern ließ.

„Warum spielst du dann mit?" Sie stemmte eine Hand in ihre Hüfte und kniff sich in die Seite, um sich daran zu erinnern, standhaft zu bleiben. „Du", begann sie und holte tief Luft, als das Wort am Ende abbrach. „Du darfst dieses Verhalten nicht unterstützen. Du weißt so gut wie ich, dass er versucht, uns zu verkuppeln. Es hat mich geärgert, seit er dich letzte

Woche zum Essen eingeladen hat."

„Das ist dir auch aufgefallen. Ich habe mich gefragt, ob dich das aufgeregt hat." Er trat einen Schritt näher und kam ihr so nah, dass sie den Kopf heben musste, um ihn anzusehen.

„J-ja, das hat es", sagte sie. Er war so nah, dass der wunderbare, holzige Duft seines Rasierwassers sie einhüllte. Sie wollte weglaufen, weigerte sich aber, auf ihrem eigenen Land die Flucht zu ergreifen.

„Ist das alles?", fragte er, als sein Blick zu ihren Lippen wanderte. Es war vielleicht eine sehr törichte Entscheidung gewesen, stehenzubleiben ... doch wie eine Motte zum Licht flatterte ihr Blick zu seinen Lippen. *Oh nein, das tust du nicht!*

Sie wirbelte herum, setzte ihre Schutzbrille auf und schnappte sich den kleinen Brenner. Verzweifelt versuchte sie, die Flamme anzuzünden. „Geh weg, Zane." Die Worte kamen überraschend schroff heraus.

Er nahm ihr den Brenner ab und ließ die Flamme sofort zum Leben erwachen. „Gib mir eine Kaktusfeige."

Sie funkelte ihn an, nahm eine und ließ sie in seine behandschuhte Hand fallen. „Wie du willst. Dann entschuldige mich jetzt, ich muss weiterpflücken."

Sein leises Lachen folgte ihr in die Scheune, wo sie ihre letzten vier Eimer holte. Wenn er arbeiten wollte, dann sollte er eben arbeiten, dachte sie, als sie aus der

Scheune kam.

Die Kaktusfeige in seiner Hand war knusprig verbrannt. „Verbrenn nicht meinen ganzen Gewinn, während du mir hilfst", rief sie. „Oh, und wenn du auf diese Scharade bestehen willst, setz wenigstens eine Schutzbrille auf."

„Was immer du sagst, Boss", neckte er sie, als er Max' Brille nahm.

„Gut." Sie hob den Kopf. „Ich lasse dich arbeiten und mache da draußen weiter."

Ein langsames Lächeln huschte über sein Gesicht. „Mach das. Ich gehe nirgendwohin."

Seine Worte brachten ihr Herz zum Stillstand. „Na dann", sagte sie, drehte ihm und seinem Lächeln den Rücken zu und versuchte, auszublenden, wie sie sich bei diesen Worten fühlte.

„Und Rose!", rief er ihr hinterher und wartete, bis sie über ihre Schulter blickte. „Wenn du mich brauchst, ruf mich einfach!"

„Werde ich nicht", sagte sie und marschierte in ihr Kaktusfeld, mehr als entschlossen, dass sie ihn nicht brauchen würde.

Nie wieder.

Was tue ich hier nur?, fragte Zane sich erneut, als er

zusah, wie Rose wie vom wilden Affen gebissen auf die Weide stürmte und hinter einem riesigen Kaktus verschwand. Hier rauszukommen war eine schlechte Idee gewesen. Doch er hatte sich nicht dazu durchringen können, *nicht* zu kommen.

Er sah auf das erbärmliche Stück geschwärzten Brei in seiner Hand hinab. Er hatte absolut keine Ahnung, was er mit Rose oder diesen Kaktusfeigen vorhatte. Er wusste nur, dass er, als Max ihn gebeten hatte, Rose zu helfen, ja gesagt hatte. Es lag zum Teil wohl daran, dass sie am Vormittag in der Kirche verloren ausgesehen hatte, nachdem Max sich entschieden hatte, bei ihm zu sitzen. Obwohl er sich freute, dass sein Sohn neben ihm sitzen wollte, hatte Zane keine Freude empfunden, Rose allein sitzen zu sehen.

Nicht, dass sie sein Mitgefühl begrüßen würde. Oh nein. Sie war nicht glücklich, ihn hier zu haben. Und, dachte er mit einem wehmütigen Lächeln, wenn er ihre Ernte ruinierte, würde sie ihn mit einem Stock vom Grundstück vertreiben. Er warf die verbrannte Frucht beiseite und nahm eine neue in die Hand. Diesmal lösten sich die haarähnlichen Stacheln – und nur die Stacheln. Er hatte in der Woche zuvor zugesehen, wie Max es machte, und hatte einen großartigen Lehrer gehabt. Und als er mit der Flamme zielte, wusste er, dass die Arbeit viel einfacher sein würde, wenn Rose nicht in der Nähe stand und ihn mit ihrem süßen Blick ablenkte.

Als sie eine Stunde später mit drei gefüllten Eimern und einem halbvollen zurückkam, hatte er einen Haufen perfekt abgefackelter Kaktusfeigen. Es wartete jedoch noch viel auf ihn, also wurde er nicht langsamer.

Seine Wange juckte ein wenig, und er rieb mit dem Handschuhrücken darüber und arbeitete weiter.

„Das machst du gut."

Ihr Kompliment war unerwartet. „Ich hatte einen guten Lehrer. Ich musste mich einfach auf das konzentrieren, was er mir beigebracht hat."

Wie es schien hatte sie sich beruhigt. Er war erleichtert, als er zusah, wie sie einen Eimer auf den Tisch leerte und ihn am Hydranten ausspülte, bevor sie ihn mit seinen Meisterwerken füllte. Er genoss den Moment der Ruhe zwischen ihnen. Obwohl klar war, dass sich ihre Gedanken überschlugen. Er konnte es an ihrem Kiefer sehen, an der Neigung ihres Kopfes – so war es gewesen, als er sie zum ersten Mal getroffen hatte. Sie hatten viel Zeit allein miteinander verbringen müssen, und sie hatte am Kamin des Safehouse gesessen und einfach zugesehen, wie das Feuer brannte. Und er hatte sie beobachtet. Er hatte versucht, es nicht zu tun, doch sie hatte ihn einfach so angezogen wie keine andere Frau, die er je gesehen hatte. Es hatte nicht lange gedauert, bis er erkannt hatte, dass ihre Gedanken bei ihrer Großmutter waren. Sie hatte nie gesagt, dass sie die Entscheidung, sie zurückzulassen, bereut hatte, doch er wusste, dass es wehtat. Er fragte sich, ob sie dieselbe Entscheidung noch einmal treffen würde, wissend, wie sich ihr Leben entwickeln würde?

Er hatte dieses Gefühl nicht aus eigener Erfahrung gekannt, bis er die Entscheidung getroffen hatte, sie zu verlassen, erst dann verstand er genau, was er all die Jahre von anderen verlangt hatte. Erst jetzt verstand er, dass es einem das Herz brach, wegzugehen.

„Du hinkst."

Bei ihren leisen Worten rutschte die Fackel ein wenig ab, und er versengte die Fingerspitzen seines Handschuhs mit der Flamme. „Und hier dachte ich, ich wäre es losgeworden." Er war sich nicht sicher, ob er irritiert sein sollte, dass es immer noch auffiel, wenn jemand genau genug hinsah. Oder ob es ihm Mut machen sollte, dass Rose gerade die Tatsache preisgegeben hatte, dass sie ihn so genau angesehen hatte. Er hatte zugegeben, dass er hierhergekommen war, weil er nicht aufhören konnte, an sie zu denken. Aber wollte er ihr von seiner Vergangenheit erzählen?

„Ist es bei der Arbeit passiert?"

„Du solltest wissen, dass Männer nicht gerne mit Frauen über ihre körperlichen Gebrechen sprechen."

„Warst du schwer verletzt?"

Er neigte den Kopf und runzelte die Stirn. „Hallo? Wink mit dem Zaunpfahl. Darüber rede ich nicht gerne. Es gibt genug andere Dinge, über die wir reden könnten."

„Aber ich will darüber reden."

„Ich könnte gehen."

„Auch gut. Ich habe dich nicht um deine Hilfe gebeten."

Sie starrte ihn ohne zu blinzeln an.

Er schüttelte den Kopf und gab nach – bis zu einem gewissen Punkt. „Ja, es war bei der Arbeit. Und ja, es war schlimm."

„Und?"

„Und es hat einige Mühe gekostet, wieder fit zu werden. Diese zwanzig Stufen zu meiner Wohnung zusammen mit ein paar Übungen helfen mir, auch noch das letzte Hinken loszuwerden." Sein Gesicht brannte dort, wo es vorher gejuckt hatte. Er wischte hart mit seinen behandschuhten Fingern darüber.

„Oh! Was machst du?" Ihre Augen blitzten auf, als sie sein Handgelenk packte und seine Finger aus seinem Gesicht riss.

„Es juckt. Ich kratze."

„Leg das weg", verlangte sie und schüttelte die Kaktusfeige aus seiner Hand auf den Tisch. „Und mach den Brenner aus! Sofort."

Er tat, was sie sagte, einhändig, nicht sicher, warum sie so aufgebracht war. Sie riss sich die Schutzbrille vom Kopf und zog ihre Handschuhe aus, während sie ihn anstarrte.

„Was?", fragte er und musste sich wirklich das Gesicht kratzen.

„Ich habe dir gesagt, du sollst dein Gesicht nicht anfassen."

Sie schien das Thema seiner Verletzung abgehakt zu haben, aber das war keine gute Alternative. Und sein Gesicht juckte wirklich. Es brannte.

„Komm ins Haus. Fass nichts an." Er folgte ihr, als sie ins Haus stürmte.

„Setz dich", forderte sie ihn auf, als er die Küche hinter ihr betrat. Sie hatte ihm den Rücken zugekehrt und wühlte in einer Schublade.

Sein Gesicht brannte zwischenzeitlich sehr, und er verstand mittlerweile seine Dummheit. Er wusste genau, was er getan hatte. Seine rechte Wange brannte wie Feuer und verantwortlich war ein Haufen winziger Kaktusstacheln.

„Wo ist es?", knurrte Rose, knallte eine Schublade zu und riss eine andere auf. Er hatte keine Ahnung, wonach sie suchte, doch er hoffte, dass sie es bald finden würde.

„Ich hab's!", rief sie und drehte sich mit einer Rolle Panzerband in der Hand um.

„Wofür ist *das*?"

Sie wickelte ein Stück ab und riss es mit den Zähnen durch. „Ob du es glaubst oder nicht, das ist der beste Weg, die Stacheln aus deiner Haut zu bekommen."

Er weigerte sich, wegzulaufen, doch das sah nicht gut aus.

„Schau nicht so verängstigt."

„Tue ich nicht", bestritt er. Er wandte den Kopf ab, als sie mit dem Klebebandstreifen auf ihn zukam, der für seine Klebrigkeit bekannt war. Er war sich nicht sicher, ob seine Wange das ertragen konnte. Sie fühlte sich wund an.

„Wenn du keine Angst hast, dann wende dich nicht ab", sagte sie.

Er biss die Zähne zusammen und zwang sich, sich ihr zuzuwenden. Das würde nicht angenehm werden. Vielleicht war es sogar schlimmer als ein Gang zum Zahnarzt, so, wie seine Wange brannte.

Sie trat näher. „Ich verspreche dir, es wird helfen", sagte sie sanft. Ihr süßer Atem strich über seinen Kiefer und beruhigte seine Seele.

„Ich glaube dir", murmelte er, vollkommen still, als sie das Klebeband auf seine Haut drückte. Sein Blick wanderte über ihr Gesicht, als ihre Finger an seiner Wange zitterten. Er suchte ihre Augen mit seinen eigenen. Ihre stürmische Dunkelheit rief ihn zu ihr.

Er schluckte schwer. Automatisch fand seine Hand ihre Taille, und er zog sie einen Schritt näher … sie schloss für einen Moment die Augen, ihre Finger waren still – sie dachte daran, ihn zu küssen, genauso wie er daran dachte, sie zu küssen. Er lächelte sie an, doch im nächsten Moment öffnete sie die Augen und riss das Klebeband von seiner Wange.

KAPITEL DREIZEHN

„D̲as musstest du nicht so genießen!" Zane hielt seine klebebandfreie Wange und funkelte Rose an. Er war sich nicht so sicher, ob sie mit den Klebeband nicht doch auch Haut weggerissen hatte.

„Du musst gehen", sagte sie, knüllte das Klebeband zu einer Kugel zusammen und starrte ihn genauso finster an wie er sie.

Zane rieb sich die Wange und starrte sie an. Ja, er hatte ein bisschen den Kopf verloren, aber das war eine massive Überreaktion. „Glaubst du nicht, dass dieses Katz-und-Maus-Spiel schon zu lange so geht? Wir müssen die Karten auf den Tisch legen, damit dieser Unsinn aufhört."

„Katz-und-Maus-Spiel! Denkst du, dass ich das tue? Mit dir spielen?"

„Nein." Er fuhr sich mit der Hand durchs Haar. Sie

machte ihn verrückt! Er ging auf sie zu, doch sie wich zurück. „Rose", sagte er, während sie zwei Schritte machten, bis sie rückwärts gegen die Arbeitsfläche stieß. „Du bist über die Jahre zu einer sturen Frau geworden."

„Ich bin geworden, was ich werden musste, vielen Dank."

Zane konnte es nicht ertragen, sie verbittert zu sehen, besonders wenn er wusste, dass er daran schuld war, egal was sie ihm vorenthalten hatte. „Es tut mir leid, dass ich gegangen bin, ohne es dir zu erklären", sagte er und packte sie bei den Schultern. Sie verkrampfte sich, doch für einen Moment schmolzen ihre Augen, und sein Herz stockte. „Es ist so viel passiert, das ich bereue", sagte er leise. „Ich habe dich so sehr vermisst, nachdem ich gegangen bin." Er konnte sich nicht davon abhalten, eine Hand zu heben, um ihre Wange zu streicheln. „Zum ersten Mal habe ich verstanden, wie es ist, jemanden zurückzulassen, der einem am Herzen liegt. All die Jahre habe ich Zeugen gesehen, die Familie und Freunde verlassen mussten, aber ich hatte es nie selbst erlebt. Nachdem ich gegangen bin, habe ich so gelitten, wie du gelitten haben musst, als du deine Großmutter zurückgelassen hast." Er suchte in ihren Augen, als er seine Lippen auf ihre senkte. Er hatte jahrelang davon geträumt, sie wieder zu küssen.

„Soll ich mich dadurch besser fühlen?", knurrte sie, nahm seine Hand von ihrer Schulter und schob sich an ihm vorbei.

Zane schloss die Augen und verfluchte sein schlechtes Timing, bevor er sich umdrehte. Sie stand an der Tür und hielt sie weit auf.

„Ich möchte, dass du gehst."

Zane war verwirrt. Vielleicht hätte er nicht versuchen sollen, sie zu küssen. Doch er hatte ihr gerade sein Herz geöffnet. „Rose, ich dachte …"

„Was? Dass ich mich nach deinem kleinen emotionalen Geständnis besser fühle? Ein Geständnis, und die Welt ist wieder in Ordnung? Newsflash: Wenn ich die Möglichkeit gehabt hätte, zu meiner Großmutter zurückzukehren, wäre ich sofort gegangen. Also erzähl mir nicht, dass du gelitten hast, wie ich gelitten habe. Du bist nicht zurückgekommen."

Er hatte die Situation nicht besser gemacht. „Rose, es war nicht so einfach –"

„Ach, wirklich? Du willst, dass ich dir ein bisschen über *nicht so einfach* erzähle? Denn das kann ich, Zane. Als ich erfahren habe, dass ich schwanger war und du nirgendwo zu finden warst … Vergib mir, wenn ich nicht um dich geweint habe." Sie zitterte, und der Anblick zerriss ihn.

„Ich gehe jetzt, damit du dich beruhigen kannst." Er blieb neben ihr stehen.

Sie verschränkte die Arme und presste die Lippen aufeinander.

Er sollte gehen. Er wusste es, doch als er ihr in die Augen sah, konnte er es nicht. Diesmal nicht. „Ich hatte das Gefühl, dich ausgenutzt zu haben. Ich wusste, dass du traurig und einsam warst und dringend einen Freund gebraucht hast ... Ich sollte dein Beschützer sein. Ich sollte deine Situation nicht zu meinem Vorteil ausnutzen." Sicher konnte sie seine Seite darin sehen.

„Und das hast du getan? War ich das für dich, ein leichtes Ziel?"

„Niemals." Wie konnte er es ihr nur verständlich machen? „Ich bin noch nie aus der beruflichen Distanz in den Bereich der ... persönlichen Beziehung vorgedrungen, mich in jemanden zu verlieben."

Sie senkte ihren Blick. Doch nicht schnell genug, um ihren Schmerz zu verbergen.

„Ich habe dich ausgenutzt. Es gibt keine Entschuldigung dafür." Er hatte sich gesagt, dass sie das vielleicht nicht so sah, doch er wusste, dass es so sein musste. Es tat weh, während er gleichzeitig wusste, dass es die Wahrheit war. „Deshalb bin ich nicht zurückgekommen. Ich bin nach Mule Hollow gekommen, um dich um Verzeihung zu bitten. Für alles."

Rose löste sich aus seinem Griff und ging steif auf die Veranda. Er folgte ihr. Sie war auf der Wiese, bevor sie sich endlich wieder zu ihm umdrehte.

„Ich habe Max jahrelang beigebracht, dass er für sein Handeln verantwortlich ist", sagte sie mit leiser, kontrollierter Stimme. „Die Bibel sagt das ganz klar. Würdest du nicht zustimmen?"

„Ja aber –"

„Ich war erwachsen wie du, Zane. Ich war für alle meine Handlungen verantwortlich. Ja, ich war verletzlich. Aber ich wusste, was ich tat, als ich das Haus verlassen habe, nachdem du mir gesagt hattest, ich solle es nicht tun. Und ich wusste auch, was ich tat, als ich unsere Beziehung persönlich werden ließ. *Ich* habe diese Wahl getroffen. Ja, es war falsch. Offensichtlich habe ich geglaubt, dass unsere Beziehung mehr war, als sie tatsächlich war … doch tu nicht so, als wärst du der alleinige Entscheider gewesen."

Zane war verwirrt. „Entscheider?"

„Ja. Das waren meine Entscheidungen. Richtig oder falsch, ich habe sie getroffen. Steh nicht da und sag, dass du für das, was ich getan habe, verantwortlich bist. Es beleidigt mich."

„*Was*?"

Ihre Augen blitzten. „Du stehst in meinem Garten und sagst mir, dass ich so dumm war, mich von dir einwickeln zu lassen, und deshalb bist du weggelaufen und nicht zurückgekommen! Verschwinde einfach."

„Das habe ich nicht gesagt. Wie bitte kommst du von dem, was ich gesagt habe, auf *das*?"

„Geh! Und komm nicht zurück." Sie stapfte zu seinem Truck und riss die Tür auf. „Hier, ich halte dir sogar die Tür auf." Völlig verblüfft stand er wie angewurzelt da.

Sie hingegen stürmte an ihm vorbei, die Stufen ihres Hauses hinauf und schlug die Tür hinter sich zu.

Er hätte sie fast geküsst – aber schlimmer noch, sie hätte es fast zugelassen.

Rose blieb nicht stehen, bis sie ihr Schlafzimmer erreichte und auch diese Tür zugeschlagen hatte … sie brauchte so viel Distanz wie möglich zwischen sich und Zane.

Oh Gott, aber sie war fast eingeknickt, als er seine Arme um sie geschlungen und sie an sich gezogen hatte. Wie sollte sie damit klarkommen?

Ihr Herz hämmerte noch immer, und ihre Beine wollten ihr Gewicht nicht mehr tragen. Sie sank auf den Hocker vor ihrem Schminktisch und starrte ihr Spiegelbild an. Ihre Wangen waren leuchtend rot. Sie holte stockend Luft und blinzelte die Tränen zurück, die überzuquellen drohten. Tränen der Wut. Tränen der Trauer. Tränen der Frustration.

Sie war bei seiner Ankunft ins Kaktusfeld gegangen, fest entschlossen, keine Hilfe zu brauchen. Und jetzt sieh sie sich einer an! Sie hatte den Streit mit ihm gesucht, um zu verhindern, dass sie ihn küsste!

Natürlich war es ein Trost, dass das Thema durchaus real war. Er hatte ihr indirekt gesagt, dass er nicht zurückgekommen war, um sie zu holen, weil er das Gefühl gehabt hatte, dass sie zu dumm war, zu wissen, was sie wollte. Wie demütigend war das?

Er hatte sie für einen reifen, gesunden Verstand gehalten, als sie sich entschieden hatte, auszusagen und ihr Leben aufzugeben, um in das Zeugenschutzprogramm zu gehen. Doch als es darum ging, ob sie reif genug war, zu wissen, dass sie sich in ihn verliebt hatte – seiner Meinung nach war sie *dazu* nicht in der Lage.

Sie schniefte und nahm ein Taschentuch. Ja, sie war verletzlich gewesen. Ja, es gab Umstände, die ihre Entscheidungen beeinflusst hatten. Doch sie *hatte* ihn geliebt. Und wie konnte dieser Mann es wagen, zu behaupten, dass das, was sie empfunden hatte, nicht echt war.

Wie konnte er es wagen, ihr zu sagen, dass er deswegen nicht zurückgekommen war!

Die ganze Zeit hatte sie tief in ihrem Inneren Schuldgefühle gehabt, weil sie ihm Max vorenthalten hatte. Es war wahr. Sie konnte es jetzt zugeben ... weil Zane sie heute von dieser Schuld befreit hatte. Es war seine eigene Schuld, dass er nichts von Max gewusst hatte. Zane war derjenige, der gegangen war.

Und sie war wirklich wütend darüber. *Guter Gott*, betete sie. *Bitte hilf mir, mit dieser Wut umzugehen ... und lass mich bitte nicht länger daran denken, wie wunderbar sich seine Umarmung angefühlt hat!*

Rose glaubte wirklich, dass Gott einen Plan für ihr Leben hatte. Dass er bei allem bei ihr war und dass er ihr mit allen Prüfungen etwas beibrachte. Sie war in ihrem seltsamen Leben immer abhängiger von ihm geworden und hatte gelernt, stark zu sein und großes Mitgefühl für Frauen in ähnlichen Situationen zu haben. Doch sie konnte nicht verstehen, was sie aus dieser Folter gewinnen konnte.

Und es machte sie ehrlich gesagt wütend auf Zane und auf Gott.

„Ich denke, alles ist in Ordnung", sagte Brady am nächsten Tag, schloss seine Schreibtischschublade und stand von seinem Stuhl auf. „Ich werde im Krankenhaus sein, wenn du mich brauchst. Doch wenn es nicht etwas ist, für das du mich unbedingt brauchst, überlasse ich alles dir."

Zane nickte seinem Boss zu. „Du kannst auf mich zählen. Jetzt geh und kümmere dich um deine Frau."

Ihr Arzt hatte Dottie am Vortag ins Krankenhaus geschickt. Ihr Blutdruck war so hoch gewesen, dass er sich Sorgen um sie und das Baby gemacht hatte. Das Letzte, was Brady jetzt im Sinn hatte, war Arbeit. Brady schüttelte fest seine Hand.

„Danke. Dottie hatte Recht. Es war ein Geschenk des Himmels, dass du für den Job hierhergekommen bist."

Zane öffnete ihm die Tür. „Geh. Und sag Dottie, dass ich für sie bete. Alle tun das."

Sie gingen auf den Bürgersteig, gerade als eine kleine Menschenmenge von der Main Street um die Ecke kam.

„Sieht so aus, als hätten alle die Nachricht gehört", sagte Zane.

Brady nickte. „Das sind gute Leute."

„Halt!", rief Norma Sue und blieb stehen.

Die üblichen Verdächtigen standen neben ihr: Esther Mae und Adela. Hinter ihnen waren Applegate und Stanley und Sam und Pete, die offensichtlich für ein paar Minuten ihre Geschäfte geschlossen hatten. Hinter den Männern waren Lacy und Sheri vom Friseursalon

173

zusammen mit den Mädels vom Immobilienbüro und dem Süßwarenladen. Und am Ende waren Rose und Ashby.

„Habt ihr gerade die Stadt geschlossen?", fragte Brady, sichtlich berührt von ihrem Besuch.

„Natürlich haben wir das", sagte Sam. Er trat vor und reichte Brady einen Umschlag. „Das ist eine kleine Sammlung von uns allen, um euch bei euren Ausgaben zu helfen, während du im Krankenhaus bei ihr bist."

Brady starrte auf den Umschlag. „Ich weiß nicht, was ich sagen soll", sagte er schließlich. „Ihr musstet das nicht tun."

„Wissen wir." Lacy trat vor und umarmte ihn. „Wir wollen nur, dass du und Dottie wisst, dass wir euch lieben und für euch beten."

Applegate grinste kurz. „Wenn du es nicht als Mittagessensgeld verwenden willst, dann kauf dieser kleinen Frau eine Blume."

„Blum*en*", korrigierte Sam und brachte alle zum Lachen.

App runzelte die Stirn. „Das meine ich doch. Kauf ihr ein paar schöne Blumen."

Zane fing Roses Blick auf, als sie sich auf die Lippe biss und Lachfalten um ihre Augen tanzten. Er war immer noch völlig verwirrt von ihrem Streit am Tag zuvor. Ihm war bewusst geworden, dass er Rose nicht wirklich kannte. Er hatte geglaubt, sie zu kennen, doch diese paar Wochen in Mule Hollow zeigten ihm, dass das Mädchen, das er beschützt hatte, eine Frau geworden war, eine Mutter. Sie ertappte ihn dabei, wie er sie beobachtete, und ihr Gesichtsausdruck wurde kühl und distanziert. Sie wandte ihren Blick ab.

Brady räusperte sich und sah gerührt aus. „Danke euch allen, dass ihr hierhergekommen seid, und dafür. Ich finde das eine tolle Idee, App. Dottie wird sich wirklich besonders fühlen."

Zane fragte sich, ob jemand Rose jemals Blumen geschenkt hatte. Ob jemand Rose jemals das Gefühl gegeben hatte, etwas Besonderes zu sein? Er ging aus dem Weg, als alle Brady umarmten, und dann senkten sie ihre Köpfe, als Sam ein Gebet sprach, dass Gott Dottie und das Baby beschützen möge.

Rose stand mit gesenktem Kopf da, und Zane beobachtete sie. Alle möglichen Fragen begannen, in seinem Kopf zu schwirren. Wie war ihre Schwangerschaft gewesen? Hatte sie jemanden gehabt, der sich um sie gekümmert hatte? Wer hatte für sie gebetet? Hatte David sie misshandelt, als sie mit Max schwanger war? Wie hatte sie sich gefühlt, als ihr klar geworden war, dass sie schwanger war und der Vater ihres Babys sie sitzengelassen hatte? Sein Magen verknotete sich, und er verabscheute sich in diesem

Moment mehr, als er es je für möglich gehalten hätte. Er wusste genau, wie sie sich gefühlt hatte, denn sie war in Panik geraten und hatte einen gewalttätigen Hund geheiratet.

Guter Gott, dachte er und blinzelte die Hitze seiner Tränen zurück. Er hatte ihr Leben verpfuscht. Vielleicht hatte sie ihre eigenen Entscheidungen getroffen, wie sie ihm so vehement klargemacht hatte. Doch kein Mann mit einer Spur Integrität würde sie die volle Verantwortung übernehmen lassen. Nein, er war mitschuldig an dem, was in ihrem Leben passiert war. Er hätte für sie da sein sollen. Wenn er für sie da gewesen wäre, wäre er für ihren Sohn da gewesen.

Er musste einen Weg finden, das wiedergutzumachen.

Guter Gott, begann er wieder, *bitte sag mir, was ich tun soll. Hilf mir, das alles wiedergutzumachen.*

Sam beendete sein Gebet. „Kaffee geht aufs Haus", sagte er, als Brady losfuhr.

„Eistee auch?", fragte Esther Mae.

„Das auch." Sam nahm Adelas Hand und legte sie in seine Armbeuge, als sie wieder die Straße hinuntergingen.

Zane konnte sich nicht bewegen.

„Zane!", rief Norma Sue zurück. „Kommen Sie. Es ist Kaffeezeit."

KOMM ZU MIR ZURÜCK, COWBOY

„Wir werden dafür sorgen, dass Rose einen Platz für Sie freihält!", rief Esther Mae.

„Nicht, wenn er der letzte Mann auf Erden wäre", zischte Rose und zog erschrockene Blicke von allen außer Zane auf sich. „Setz du dich zu ihm, Esther Mae. Ich muss wieder arbeiten."

Zane sah zu, wie sie um die Ecke verschwand, während sich alle umdrehten, um ihn anzustarren.

KAPITEL VIERZEHN

Am Samstagmorgen ging Rose in die Küche und fand Max schon dort. Seine Haare standen in alle Richtungen ab, und er sah aus, als könnte er noch ein paar Stunden Schlaf gebrauchen.

Es kam ihr in den Sinn, dass es nicht mehr lange dauern würde, bis sie jeden Morgen in einem stillen Haus aufwachen würde. Er würde die Schule beenden und sein Leben leben und sie allein lassen. Allein. Damit konnte sie umgehen. Sie konnte es. Allein war besser, als in einer schlechten Situation zu sein.

„Morgen Mom, ich habe das Gelee für dich ins Auto geladen", sagte er, schenkte ihr eine Tasse Kaffee ein und reichte sie ihr. „Du kannst losmachen, wann immer du so weit bist."

Sie lachte, als sie ihm zusah, wie er die Milch aus dem Kühlschrank holte.

„Kleiner Sklaventreiber."

„Hey, du musst da raus und unser Produkt verkaufen. Ich mache nur meinen Job." Er goss sich ein Glas Milch ein und stellte es auf den Tisch neben ein offenes Glas Gelee und zwei Scheiben Toast, die auf seinem Teller warteten.

„Was machst du heute Morgen?"

Max strich Gelee auf seinen Toast. „Ich hänge mit Dad ab, bevor ich im Theater helfe. Er muss wieder Autos einweisen." Seine Augen funkelten verschmitzt. „Soll ich ihm sagen, dass du ihn grüßen lässt?"

„Nein. Ganz sicher nicht."

„Mache ich. Du weißt, du willst, dass ich es tue."

„Max Vincent. Das wirst du nicht tun. Und ich meine, was ich sage."

Er legte seinen Toast ab. „Bist du sauer auf ihn?"

Fast hätte sie nein gesagt, doch das wäre gelogen gewesen.

„Ja. Max, du bist alt genug, um zu verstehen ... dein Dad und ich, wir lieben dich beide. Aber zwischen uns wird nie wieder etwas sein."

„Mom. Gib ihm eine Chance, ja?"

„Max, hör auf. Wir haben darüber gesprochen." Unbeschreiblich frustriert brachte sie ihre Tasse zur Spüle. Wie sollte sie mit dieser ... dieser Situation zwischen sich und Zane und Max umgehen? Sollte sie

179

offen sein und Max erzählen, wie wütend sie auf Zane war? „Ich muss mich anziehen. Ich habe einen langen Tag vor mir."

Sie hasste es, das Stirnrunzeln auf Max' Gesicht zu sehen, als sie den Raum verließ. Aber sie konnte es nicht ändern. Er musste lernen, dass es Grenzen gab, die selbst er nicht überschreiten konnte. Dass es ihr Herz krank machte, spielte keine Rolle. Sie war die Mutter und er das Kind. Und sie musste sich heute darauf konzentrieren, ihre Bestellungen auszuliefern und versuchen, mehr Geschäfte zu machen, und nicht darauf, wie sehr ihr Sohn wollte, dass sie sich in seinen Vater verliebte.

„Mom", sagte er, als er später aus dem Haus kam, kurz bevor sie losfuhr. „Wirst du Dottie morgen nach der Kirche besuchen?"

„Ja, ein paar von uns fahren in Lacys Auto. Willst du mitkommen?"

Max liebte Lacys rosa 58er Cabrio. Es war ein Hit, und alle Kinder flehten sie dauernd an, sie mitzunehmen.

„Nein. Ich dachte nur, ähm, es wäre gut für dich, mal mit den Mädels rauszukommen. Weißt du, Zeit mit anderen Frauen könnte dir helfen, dich zu entspannen."

Sie hatte das beklemmende Gefühl, dass er dachte, dass sich dadurch der Ärger zwischen ihr und Zane in

Luft auflösen würde.

Als sie aus der Auffahrt fuhr, beobachtete sie, wie Max im Rückspiegel kleiner wurde, als er ihr nachsah. Sie hatte zweihundert Meilen vor sich, und alles, woran sie denken würde, war, was in Max' Kopf vor sich ging. Weil sie das ungute Gefühl hatte, dass sich seine Gedanken überschlugen.

Es würde ein sehr langer Tag werden.

„Ich versuche nur, Ihnen zu helfen, Norma Sue", sagte Max. Er war früh mit dem Fahrrad zum Theater gefahren, um Zeit zu haben, mit den Kupplerinnen zu sprechen. Er sah sich um, um sich zu vergewissern, dass niemand in der Nähe des Imbisswagens war, der mithören könnte, worüber er sprach. Er wollte nicht, dass seine Mutter davon erfuhr. Das würde alles ruinieren.

Norma Sue runzelte die Stirn. „Ich weiß nicht, Max. Es ist eine Sache, wenn wir etwas tun, und es ist eine Sache, wenn du etwas tust. Aber dir dabei zu helfen … Sie könnte denken, wir würden dir die Kunst der Täuschung beibringen."

„Aber Norma –"

Norma Sue hob ihre Hand. „Nein, Junge. Die Wahrheit ist, dass ich mit Sicherheit weiß, dass deine

Mutter es nicht schätzen würde, wenn wir dich dazu ermutigen. Es tut mir leid."

Max konnte nicht glauben, was er da hörte. „Aber ich dachte, ihr habt alle gesagt, ihr würdet mir helfen."

Esther Mae wurde rot, sagte aber nichts. „Max", sagte Adela, „Norma hat Recht. Wir können diesmal nicht helfen."

Er starrte von einer zur anderen. „Aber Sie müssen mir nur helfen, ihnen ein romantisches Abendessen zu kochen." Sie mussten zustimmen zu helfen, oder er war zum Scheitern verurteilt. Er hatte keine Ahnung von Kochen oder Romantik. Doch sein Flehen bewegte sie nicht – sie sahen einander nur an und dann zu Boden.

„Das können wir nicht", sagte Adela und sah ihn mit sanften Augen an. „Max, wir *können* dir nicht helfen. Uns sind die Hände gebunden."

Er konnte es nicht fassen. Sie hatten allen geholfen, nur nicht ihm. Es ergab keinen Sinn. „Danke für nichts", sagte er und wandte sich zum Gehen. Er hatte nur ein paar Schritte gemacht, als es ihm bewusst wurde. *Unsere Hände sind gebunden.* Das hatte Adela gesagt. Er drehte sich um und sah sie alle mit Tränen in den Augen.

„Meine Mutter hat Ihnen gesagt, dass Sie mir nicht helfen sollen. Das ist es, nicht wahr?"

Esther Mae nickte, doch Norma Sue rammte sie mit

dem Ellbogen, und sie sagte nichts.

„Aber wieso?", fragte er.

Norma Sue seufzte tief. „Schau, Junge, du bist alt genug, um das zu verstehen. Deine Mutter hat Angst, dass du verletzt wirst. Sie versucht, dich zu beschützen. Die Wahrheit ist, dass wir dich lieben, und deshalb dürfen wir nicht dafür verantwortlich sein, dass das passiert. Und wir haben deiner Mutter unser Wort gegeben."

Die Sonne war gerade hinter dem Horizont verschwunden, als der Caddy nach Mule Hollow zurückkehrte. Lacy setzte zuerst alle anderen ab und fuhr dann zu Roses Farm. Es war ein lustiger Tag gewesen – nachdem alle aufgehört hatten, sie wegen Zane aufzuziehen – nicht nur wegen ihrer Bemerkung am Freitag vor allen anderen, sondern auch, weil sie ihn in der Kirche gemieden hatte. Alle fanden das aus irgendeinem seltsamen Grund ziemlich amüsant. Sie hatten keine Ahnung von all dem inneren Aufruhr, der sie quälte.

Es tat gut, Dottie zu sehen und zu hören, dass es ihr gut ging. Die Ärzte hatten beschlossen, das Baby am Donnerstag per Kaiserschnitt zu holen. Es war zwei Wochen früher als geplant, doch sie hatten aus

Sicherheitsgründen beschlossen, dass es für alle am besten so wäre. Alle waren aufgeregt, doch die Krankenschwestern waren glücklich, weil Brady sie verrückt machte.

Es war wirklich süß, dass er ständig durch die Gänge pirschte und sich bei jedem Ziehen Sorgen um sie machte. Die Schwestern fanden jedoch nichts mehr an ihm süß. Dottie hatte ihm liebevoll erklärt, dass sie ihn wieder zur Arbeit schicken würde, sobald sie aus dem Krankenhaus nach Hause kamen. Obwohl sie versucht hatte, ihn dazu zu bringen, sie tagsüber für ein paar Stunden allein zu lassen, hatte er sich geweigert, weiter wegzugehen, als im Hotel nebenan zu duschen und jede Nacht ein paar Stunden zu schlafen.

Rose war berührt von dem Bild, das sie abgaben, und im Vergleich zu ihrer eigenen Schwangerschaft war es wie Tag und Nacht. Oh, so geliebt zu werden! Es war eine unglaubliche Liebe.

„Du warst auf der Heimfahrt ziemlich still", sagte Lacy. „Ich habe mir sagen lassen, dass ich ein guter Zuhörer bin, wenn du reden musst." Sie lächelte aufrichtig.

„Ich habe nur an Dottie und Brady gedacht. Sie sind einfach so liebevoll miteinander umgegangen. Er liebt sie so sehr. Ich bin sicher, Clint wird bei dir genauso sein. Es ist wunderschön."

„Du kannst das auch haben. Hör also auf, so zu klingen, als hättest du aufgegeben. Ich denke, wenn du bereit wärst, würdest du sehen, dass du schon jemanden hast, der dich liebt. Er wartet nur darauf, dass du ihn lässt."

Rose seufzte und beobachtete die dunklen Umrisse von Bäumen und Rindern am Straßenrand. „Ich glaube nicht."

„Doch, ganz sicher. Und Max würde euch sicher gerne verheiratet sehen."

„Ich weiß nicht, was ich mit ihm machen soll. Die meisten Kinder wären verbittert und wütend gewesen, wenn ihr Vater nach vierzehn Jahren auftaucht, doch stattdessen ist er einfach darüber hinweg. Es beunruhigt mich in gewisser Weise und macht mich in anderer Hinsicht stolz auf ihn. Ich meine, was ist, wenn ihn das alles tief im Inneren mehr belastet, als er zugibt?"

„Nun, es ist kein Geheimnis, dass er euch beide zusammen will. Doch vielleicht sind eure vielen Umzüge der Grund, warum er sich so leicht mit der neuen Situation angefreundet hat. Er ist einfach anpassungsfähig, oder vielleicht weiß er einfach etwas Gutes zu schätzen, wenn er es sieht. Vielleicht sieht er dasselbe, was ich in Zanes Augen sehe, wenn er dich ansieht. Du leugnest alles, und er ist verliebt. Das ist es. Und einem klugen Jungen wie Max entgeht das nicht."

„Ich weiß nicht, wie ihr alle darauf kommt, dass Zane mich liebt. Er ist erst jetzt nach vierzehn Jahren wieder in meinem Leben aufgetaucht! Und außerdem liebe ich ihn nicht …"

„Du hast ihn einmal geliebt. Liebe stirbt nicht so einfach."

„Lacy, das ist einfach falsch. Sie stirbt. Und außerdem spielt das keine Rolle."

Lacy brachte den Wagen ruckartig mitten auf der Straße zum Stehen. „Als wir uns begegnet sind, bist du mir so ehrlich vorgekommen." Ihre Mundwinkel zuckten.

„Ich sage die Wahrheit!"

„Rose, du weißt, dass du vielen Leuten hier wichtig bist."

Rose war sich vielleicht nicht ganz klar, warum sie mitten auf der Straße angehalten wurden, aber sie wusste, dass sie Freunde in Mule Hollow hatte, denen sie nicht egal war. „Ja, ich weiß. Aber wenn du dir Sorgen um mich machst – das musst du nicht."

Lacy trommelte mit ihren Fingernägeln auf dem Lenkrad. „Ich mache mir keine Sorgen. Ich habe … Hoffnung. Ja, das ist es. Ich hoffe, dass du die Liebe findest. Und ich hoffe, dass du, was auch immer in der nächsten Zeit passiert, aufgeschlossen bleiben wirst. Versprichst du mir, dass du das tun wirst?"

In Roses Kopf schrillten die Alarmglocken, und sie starrte Lacy argwöhnisch an. „Was meinst du damit?"

„Nein. Ich meine es ernst, Rose, versprich es mir. Es ist zu deinem eigenen Besten … und vielleicht dem einiger anderer", murmelte sie, was Rose noch mehr Sorgen machte, besonders, als Lacy sie mit ernsten, blauen Augen durchbohrte. „Versprich mir, dass du aufgeschlossen bleibst."

Lacy hatte viel für Rose und das Frauenhaus getan, und Rose konnte ihr auf keinen Fall etwas verweigern, was ihr so wichtig zu sein schien. „Natürlich. Für dich."

Lacy schüttelte den Kopf. „Nein. Für dich. Versprich, dass du um deinetwillen aufgeschlossen bleibst. Und um Max' willen."

Okay, das war seltsam. Doch Lacy hatte ihre Macken. Sie war spontan, getrieben, und man konnte ihr nichts abschlagen. „Versprochen. Aber jetzt sag mir bitte, worum es geht?"

Lacy antwortete, indem sie Gas gab. Der Wagen schoss vorwärts wie eine rosa Rakete und warf Rose in den Sitz zurück.

„Tut mir leid!", rief Lacy über den Wind hinweg, als ihr blassblondes Haar um ihr Gesicht wehte. „Aber wir sind spät dran."

Rose hatte plötzlich ein ungutes Gefühl … und es war mehr als das ungute Gefühl, das Lacys Fahrstil in ihrer Magengegend verursachte.

Und dann, hinter der Straßenbiegung, sah sie Zanes Truck in ihrer Einfahrt.

Lacy blieb mit quietschenden Reifen stehen. „Weiter fahre ich nicht."

„Was? Warte."

Lacy legte eine Hand auf ihren Arm. „Ich kann nicht warten, und ich kann es nicht erklären. Ich kann dir sagen, dass ich deinem wunderbaren Kind einen Gefallen tue. Er hat mich ausdrücklich angewiesen, dich mit Zane zum Haus fahren zu lassen. Ich habe keine Ahnung, wie er Zane hierher gebracht hat."

„Max ist okay, oder?"

„Ja, ja. Ihm geht's gut. Wenn du ihm nicht wehtust, sollte er die Nacht heil überstehen." Sie bedeutete ihr begeistert, dass Zane sie ansah, als er um seinen Truck herum kam. Im Licht der Scheinwerfer sah er unglaublich groß aus. Als er ihr die Tür öffnete, konnte sie ihn nur verwirrt ansehen.

„Darf ich?", fragte er und bot ihr seine Hand an.

Rose warf Lacy einen Blick zu und fand keine Unterstützung, als sie eine Braue hob und lächelte. „Geh. Sei nicht sauer, und denk bitte daran, dass sie verrückt nach dir sind. Also lass sie am Leben."

„Sie?", fragte Rose. „Die Kupplerinnen?"

„Jetzt mal ganz langsam. Hör auf, voreilige

Schlüsse zu ziehen", forderte Lacy. „Oh, und hey, Zane. Das gilt auch für dich. Du darfst die Täter nicht festnehmen und den Schlüssel wegwerfen." Sie blinzelte zu ihm auf und versetzte Rose dann einen sanften Stoß. „Jetzt geh. Euer Sohn hat *schwer* gearbeitet."

Zane schmunzelte. „Dieser Abend wird keine Gefängnisstrafe nach sich ziehen."

Rose betrachtete Zanes ausgestreckte Hand und begegnete seinem Blick. Sie konnte der Emotion, die sich um ihre Brust schlang, keinen Namen zuordnen.

Lacy gab ihr einen weiteren Schubs. „Los, Honey. Mach das für Max nicht kaputt."

„Für Max", sagte Rose und fand endlich ihre Stimme wieder.

Zane gab es auf, darauf zu warten, dass sie seine Hand nahm, packte sie und zog sie aus dem Auto. „Komm. Lass uns gehen. Max hat angerufen, und ich bin rausgekommen, um hier auf dich zu warten. Und ich habe die Anweisung, dass ich dich, sobald du hier bist, in die Scheune bringen solle."

Roses Gesicht verzog sich konsterniert. „Was hat er vor?"

Scheinbar zufrieden mit der Situation hob Zane eine Schulter. „Keine Ahnung. Aber ich bin bereit, es herauszufinden. Und du?"

Hinter ihnen lachte Lacy. „Ihr habt Spaß!", rief sie und lenkte das riesige Cabrio auf der Straße um. Rose sah bestürzt zu, wie sie einen Arm in die Luft hob und winkte, während sie davonbrauste … und Rose in ihrer eigenen Einfahrt zurückließ, mit dem letzten Mann auf Erden, mit dem sie Zeit verbringen wollte – und schlimmer noch, ohne auch nur die leiseste Ahnung, was sie zu Hause erwartete.

KAPITEL FÜNFZEHN

Zane ließ nicht zu, dass Roses ausdrucksloses Starren sein Ego verletzte. Sie machte sich schließlich Sorgen. Das tat er auch. Doch seine Neugier auf das, was Max sich ausgedacht hatte, hatte die Oberhand gewonnen und trieb ihn an zu erfahren was los war.

„Du hast doch sicher keine Angst, zu sehen, was Max und die Damen sich ausgedacht haben?"

„Natürlich habe ich keine Angst –"

„Dann zeig es, indem du deine süßen Füße bewegst. Lass uns gehen. Er wartet in der Scheune." Sie runzelte die Stirn.

„Lächeln, Rose. Das ist ein Abenteuer", sagte Zane und öffnete ihr die Tür. Sobald sie im Truck saß, joggte er auf seine Seite und schlug die Tür hinter sich zu. Vorfreude erfüllte ihn. Was hatte Max geplant? Etwas sagte ihm, dass es gut werden würde.

Er hoffte nur, dass Rose Lacys guten Rat befolgte und Max seinen Spaß lassen würde.

Die Scheunentore waren geschlossen, als sie vorfuhren. Die Küchentür stand offen, und das einzige Licht war das Rechteck, das von der beleuchteten Tür über den Hof fiel. Zane spürte, dass jemand sie beobachtete, denn immer, wenn das geschah, richteten sich seine Nackenhaare auf … außer einmal bei Rose. Er verdrängte die Erinnerung, konzentrierte sich auf den Moment.

Heute Nacht war niemand in Gefahr. „Warte", sagte er, als Rose ihre Tür öffnen wollte. „Beweg dich nicht." Sie sah ihn an, als wollte sie ihn am nächsten Baum aufknüpfen. Er versuchte, nicht allzu erfreut über das auszusehen, was vor sich ging, doch es fiel ihm schwer, als er seine Tür schloss und zu ihr ging. Er nahm an, dass Max ihm Punkte geben würde, wenn er den Gentleman spielte. Da bemerkte Zane jedoch, dass ihm die Idee selbst gefiel.

„Entspann dich", sagte er und nahm ihren Ellbogen. „Wir werden beobachtet." Er beugte sich dicht an ihr Ohr und atmete den Duft von frischer Luft und Vanille ein. „Morgen darfst du mich wieder hassen, aber lass uns Max heute Abend geben. Bitte."

Sie drehte sich um, und ihre Nasen stießen aneinander. Zane lächelte und widerstand dem

Bedürfnis, sie zu küssen – seine Unfähigkeit, ihr zu widerstehen, hatte bereits einen Nachmittag ruiniert. „Bitte", wiederholte er stattdessen.

„Okay. Aber wenn sein Herz gebrochen wird, ist es deine Schuld."

Zane starrte in Roses ernste Augen und wusste, was auch immer zuvor passiert war, war ihm egal. „Ich habe nicht die Absicht, Max' Herz brechen zu lassen." Er würde Roses Herz gewinnen. Als er sie ansah, wusste er, dass er in seinem Leben noch nie etwas so sehr gewollt hatte. Plötzlich war alles klar, und zum ersten Mal in seinem Leben kämpfte er um seine eigene Zukunft und die seiner Lieben. Das war eine Schlacht, die er nicht verlieren wollte.

Die Scheunentür öffnete sich langsam, und Max kam heraus. Der Junge trug seine beste Sonntagskleidung, eine schwarze Hose, ein weißes Hemd und eine Krawatte. Er hatte eine Stoffserviette über dem Arm gefaltet wie ein Oberkellner. Zanes Neugier war mehr als geweckt.

„Guten Abend", sagte Max in förmlichem Ton. „Willkommen." Er verbeugte sich und streckte seinen Arm weit aus. „Bitte folgen Sie mir."

Rose begegnete Zanes Blick, als sie Max in die Scheune folgten … und erstarrten.

Zane konnte es nicht fassen – der Junge hatte

193

wirklich hart gearbeitet.

„Es ist wunderschön", keuchte Rose. Um jeden Stützpfeiler hatte er Weihnachtsbaumlichter gewickelt. Sie glitzerten in verschiedenen Farbkombinationen und trieben ihr Tränen in die Augen. In der Mitte der Scheune stand ein elegant gedeckter Tisch mit einem weißen Tuch und Kerzen.

Der Schock wich einem unerwarteten Nervenkitzel, der Rose überkam. Sie sah zu Zane auf, und ihr Inneres rollte sich angesichts seines Gesichtsausdrucks zu einem warmen Ball zusammen. Auch er staunte, und als sie die Freude auf seinem sonst so strengen Gesicht sah, schwächte das ihre Abwehr ein wenig.

„Was denkt ihr?", fragte Max und grinste verschmitzt.

„Es ist wunderbar."

„Ich wusste, es würde euch gefallen!" Er ging zum Tisch und zog einen Stuhl heraus. Er beugte sich in der Taille und spielte seine Rolle gut.

Roses Herz zog sich zusammen, und sie wollte weinen. Wie konnte sie ihm sagen, dass das nicht funktionieren würde?

„Nach dir", sagte Zane und sah sie genauso

schelmisch an wie sein Sohn.

Er legte die Hand auf ihren Arm und führte sie zu ihrem Stuhl. Der elektrische Strom seiner Berührung verdampfte ihre Tränen. Ihr Herz begann wie eine elektrische Trommel zu hämmern. Kaum hatte er sich ihr gegenüber gesetzt, nahm Max einen Krug Eistee von einem Tisch an der Wand und goss ihn vorsichtig in ihre Gläser. Im Hintergrund spielte eine romantische, italienische Ballade.

„Ihr unterhaltet euch", sagte Max. „Ich bin bald mit eurem Essen zurück, aber es dauert noch ein Weilchen."

Zane lachte, sobald Max verschwunden war, und Rose trat ihn unter dem Tisch.

„Mich zu treten wird mich nicht davon abhalten, den Abend zu genießen."

„Genieße ihn nicht zu sehr", warnte sie, sowohl ihn als auch sich selbst. Sie musste bei dieser Sache ihren gesunden Menschenverstand bewahren. Zwischen ihnen hatte sich nichts geändert. Aber das hielt ihr Herz nicht davon ab, zu pochen, als Zane seine Hand auf ihre legte.

„Ich genieße es immer, in deiner Nähe zu sein."

Sie holte tief Luft und leugnete, dass seine Worte ihr etwas bedeuteten. Ihr Blick fiel auf ihre Hände, doch ihre Stimme versagte ihr den Dienst.

„Und ich interessiere mich auch für jeden Aspekt

deines Lebens", fügte er hinzu und rieb mit seinem Daumen über ihre Fingerknöchel. „Ich weiß, dass du wütend auf mich bist. Aber ich wünschte, du würdest mir – uns – eine Chance geben. Du musst wissen, dass es mir leid tut, dass ich gegangen bin."

Jeder Nerv in ihrem Körper erwachte bei seiner zärtlichen Berührung zum Leben. Jedes Gefühl in ihrem Herzen reagierte auf seine Bitte.

Sie zog ihre Hand unter seiner hervor und legte sie in ihren Schoß. „Zane –" Sie fühlte sich in die Enge getrieben.

„Warte", sagte er und unterbrach ihren Protest mit einem wissenden Lächeln. „Bevor du mir erzählst, dass das eine verrückte Idee ist, lass uns über was anderes reden. Wie war dein Roadtrip gestern?"

Er wechselte absichtlich das Thema, und Rose war tatsächlich dankbar, das Gespräch auf ein sicheres Thema zu lenken. „Nicht so gut, wie ich gehofft hatte, aber es ist immerhin ein Anfang."

Er stützte die Ellbogen auf den Tisch. „Wann gehst du zur Bank?"

Was? Woher wusste er –

„Schau nicht so erschrocken. Max hat mir erzählt, dass ihr einen Kredit aufnehmen wollt, damit ihr expandieren könnt."

Max. „Nächsten Montag", sagte sie. Sie fragte sich,

was Max ihm sonst noch über ihre persönlichen Angelegenheiten erzählt hatte.

„Glaubst du, du bekommst den Kredit?"

Sie nahm ihre Serviette vom Teller und breitete sie auf ihrem Schoß aus. Also war das vielleicht doch kein so sicheres Thema. Es war sehr persönlich, über ihre finanzielle Situation zu sprechen. Doch andererseits, was sie hatte sie schon zu verbergen?

„Ich bin mir nicht sicher. Ich denke, der Plan ist solide, und ich brauche nicht wirklich viel. Aber ich habe keine sehr lange Kredithistorie. Und es gibt ein paar Lücken, wie du weißt."

Er verzog das Gesicht, da er wusste, dass sie das Programm meinte. „Ich könnte ein paar Anrufe tätigen."

„Nein. Ich will nicht, dass das Justizministerium in mein Leben einbezogen wird", sagte sie und meinte es ernst.

„Okay. Reg dich bitte nicht auf. Ich verstehe deine Gründe nicht, aber ich respektiere sie. Darf ich fragen, wie du die Farm gekauft hast?"

„Die Eigentümer haben mir auf Empfehlung meiner Freunde hier in der Stadt eine Finanzierung gegeben. Dieser Ort hat so viel für alle Frauen aus dem Frauenhaus getan, die hierhergekommen sind."

„Was wäre, wenn ein Freund dein Geschäft finanzieren wollte?"

„Wenn du sagen willst, dass du das tun würdest, dann ist die Antwort ein klares Nein."

„Warum nicht? Ich glaube an die Idee. Ich glaube an dich und Max. Und ich habe ein persönliches Interesse daran."

Dieses Thema war schnell von unverfänglich zu höchst problematisch geworden. „Nur weil Max dein Sohn ist, heißt das nicht –"

Zane griff über den Tisch und legte seine Hand wieder auf ihre. Sie würde daran denken müssen, die Hände vom Tisch zu lassen!

„Max ist ein persönliches Interesse … aber ich habe von dir gesprochen."

„Zane —"

Die Tür ging knarrend auf, und Rose riss ihre Hand unter Zanes hervor. Sie biss sich auf die Lippe, als Max mit einem großen Tablett eintrat. Er stellte das Tablett auf den Tisch, auf den er zuvor den Teekrug gestellt hatte. Als er sich zu ihnen umdrehte, hielt er einen Korb mit Brot in der Hand. Er grinste, als er ihn auf den Tisch stellte.

Obwohl ihnen italienisches Essen serviert wurde, war Rose sich ausgesprochen bewusst, dass kein Knoblauch auf dem Brot war. Dieser kleine Schurke!

Obwohl sie verärgert war, konnte sie nichts sagen. Stattdessen beobachtete sie, wie er Teller mit dampfenden Spaghetti vom Tablett nahm und sie vor sie und Zane stellte.

„Sam hat die gemacht, also wisst ihr, dass sie köstlich sind."

„Sam", sagte sie erschrocken.

„Ja, guter alter Sam", sagte er und zwinkerte ihr zu. „Dieser Abend ist für euch. Esst, trinkt und amüsiert euch. Unterhaltet euch. Entspannt euch. Nachtisch bringe ich später. Aber lasst euch Zeit. Genießt es."

Genießen! Sie fühlte sich wie auf dem Präsentierteller, als sie von Max zu Zane blickte.

Sie musste dem ein Ende setzen, bevor es weiter außer Kontrolle geriet. Sie wollte aufstehen, doch Zanes Hand auf ihrem Arm hielt sie auf.

„Danke, Sohn", sagte er und drückte dabei sanft ihren Arm.

Sie entspannte sich und hielt seinem Blick stand.

„Also dann", sagte Max und zog ihren Blick auf sich. Er trug den strahlenden, erwartungsvollen Blick eines Welpen, als er sich noch einmal sein Werk ansah, bevor er sie zurückließ.

Ach, Max.

Rose wusste nicht, ob sie lachen oder weinen sollte, als sie ihm hinterherblickte. Als er das Scheunentor hinter sich schloss, funkelte sie Zane an.

„Brot?", fragte Zane, zog eine Braue hoch und hielt

ihr den Korb entgegen. „Ich habe vor, zu tun, was er sagt, und diesen Moment zu genießen. Und du? Bist du bereit, für den Abend alles zu vergessen und einfach nur zwei Leute bei einem Date zu sein?"

Seine Augen funkelten wie bernsteinfarbener Honig im Sonnenlicht … oder Kerzenlicht, um gefährlich genauer zu sein. Das Essen roch köstlich. Die leise Musik war romantisch. Und Zane Cantrell bei Kerzenlicht war ehrlich gesagt unwiderstehlich. Rose holte zitternd Luft …

Was sollte sie tun?

Mit einem Seufzer tat sie das Einzige, was sie unter den gegebenen Umständen tun konnte.

Sie nickte.

„Aber das ist nur für heute Abend. Komm nicht auf irgendwelche Ideen", sagte sie, zog ihren Kopf aus den Wolken und pflanzte ihre Füße fest auf den Boden. Unwiderstehlich oder nicht, Zane würde ihr nicht unter die Haut gehen.

„Pfadfinderehrenwort. Ich komme nicht auf irgendwelche Ideen."

Der Mann hielt sich für so süß – dass er tatsächlich süß *war*, war jedoch irrelevant. Jeder bekam heute Abend, was er wollte, während sie in eine unmögliche Situation genötigt wurde. „Ich meine es ernst, Zane. Wir tun nur so als wären wir zwei normale Menschen bei einem normalen Date. Das ist alles. Doch fürs Protokoll, ich glaube nicht, dass das gut für Max ist. Es macht ihm nur falsche Hoffnungen. Und es fördert ein Verhalten, von dem ich nicht begeistert bin. Ich habe ihm schon gesagt, dass er sich aus dem Kopf schlagen muss, dass du und ich zusammenkommen."

Zanes Kiefer verkrampfte sich. „Wirst du bald anfangen, so zu tun, als ob? Denn das tust du noch nicht."

Sie hatte ihn verärgert. Nun, das war wohl nicht zu ändern. „Gut", seufzte sie, holte übertrieben Luft und stieß sie langsam aus. „Okay. Lass uns die Show beginnen."

Seine Lippen wurden für einen Moment schmal, und er sah aus wie Max, wenn er ernsthaft über etwas nachdachte. „Bist du sicher?"

Sie nickte. Sie beschloss, die Zeit zu nutzen, um ihre Neugier auf die Jahre zwischen dem letzten Mal, als sie ihn gesehen hatte, und seinem Wiederauftauchen zu stillen. Es gab brennende Fragen, die beantwortet werden wollten. Und da dieser Waffenstillstand seine Idee war, konnte er mit Informationen dafür bezahlen.

„Also", begann sie und nahm ein Stück Brot aus dem Korb, den er ihr geduldig hingehalten hatte. Dass sie das Brot nahm war das ultimative Zeichen des Waffenstillstandes. Er sah zufrieden mit sich selbst aus, als sie eine Scheibe nahm. Er tat dasselbe.

„Also", wiederholte er.

Ihr Inneres flatterte wie Flügel eines Schmetterlings, und sie bemerkte Dinge, die sie nicht wahrhaben wollte. Was, wenn das wirklich ein Anfang wäre? Was, wenn sie wirklich ihre Vorsicht über Bord werfen und sich erlauben würde zu glauben, dass Frauen wie sie auch ein Happy End haben konnten?

Sicher war sie nicht die erste Frau, die sich gezwungen sah, an ihrer Unabhängigkeit festzuhalten, weil sie die daraus resultierende Sicherheit und Gelassenheit brauchte. Sie hatte sich ihr eigenes Happy End erarbeitet. Nur eben nicht eines mit dem Ritter in glänzender Rüstung, der sie von den Füßen fegte.

Das hatte sie an dem Morgen aufgegeben, als sie die Küche des neuen Safehouse betreten hatte und Zane weggewesen war … und dann hatte sie mit David gelernt, dass sie möglicherweise zu einem Leben voller Schmerz und Enttäuschung verurteilt wäre, wenn sie weiterhin darauf wartete, dass ein Mann ihr ein Happy End bescherte.

Nein, es war ihr ziemlich gut gelungen, ihr eigenes Happy End zu schaffen, und sie erinnerte sich daran, als sie aß. Wenn sie nur auf sich selbst angewiesen war, konnte sie gut überleben. Und gut überleben war viel besser als Herzschmerz. „Du hast es geliebt, ein Texas

Ranger zu sein. Wirst du wieder zurückgehen?", fragte sie und verlagerte den Fokus auf ihn.

Er lächelte. „Nein. Ich lebe jetzt hier."

„Aber du hast es geliebt. Du warst gut. Der Beste." Das Licht, das in seinen Augen getanzt hatte, wurde schwächer.

„Wir wissen beide, dass ich das nicht war."

Das Bedürfnis ihn zu verteidigen, das sie überflutete, erschreckte sie. Seine Fähigkeit, sie zu beschützen, hatte nie in Frage gestanden. Es war unglaublich, dass er so etwas dachte. „Du warst der Beste. Was mit mir passiert ist, war meine Schuld. Du hast mir gesagt, ich soll im Haus bleiben. Du hast alles in deiner Macht Stehende getan, um mich zu beschützen, aber ich bin trotzdem rausgegangen. Ich habe deine Warnungen töricht ignoriert."

„Ich hätte dir die Wahrscheinlichkeit klarmachen sollen, dass zu diesem entscheidenden Zeitpunkt vor dem Prozess Gefahr drohte."

„Es gab eine undichte Stelle in deinem Büro, Zane. Sonst wäre ich höchstwahrscheinlich in Sicherheit gewesen."

„Das ist keine Entschuldigung. Es besteht immer die Wahrscheinlichkeit, dass irgendetwas passiert. Und ich bin dir gefolgt und war so von meinem Bedürfnis, dich zu küssen, abgelenkt, dass ich den Angriff nicht kommen sah. Das ist das Problem." Er schlug mit der Hand auf den Tisch.

So viel zu einem romantischen Essen! „Du hast es nicht gesehen, weil ich mich auf dich geworfen habe. Und wenn du mich nicht in diesem Moment in deine Arme genommen hättest, könnte ich sehr gut tot sein!" Das war verrückt – was tat sie da?

Er schüttelte den Kopf. „Du lebst, weil Gott dich am Leben erhalten hat. Nicht wegen dem, was ich getan habe."

„Oh bitte. Du warst es, der mich zu Boden gerissen und mich mit seinem Körper abgeschirmt hast. Du hast mich hinter diesen Tisch gebracht und dann Schutzschild gespielt, um mich ins Haus zu bringen. Gott hat mich an diesem Tag gerettet, indem er *dich* geschickt hat. Ich kann nicht glauben, dass du den Unterschied nicht siehst."

Sein Kiefer verkrampfte sich, doch er sagte nichts. Das Lied im Hintergrund endete, und die Stille vor dem nächsten Lied schien um sie herum zu hallen, als sie einander anstarrten.

„Weißt du was?", sagte er. „Du wirst meine Meinung dazu nie ändern, Rose. Aber meine Sorge gilt jetzt der Zukunft." Er nahm seine Gabel auf. „Wir essen jetzt besser, bevor wir Max' Gefühle verletzen."

Rose sah ihm zu, wie er eine große Gabel von

seinen Spaghetti nahm und dann lächelte, als ob sie sich nicht stritten. Der Mann machte sie wirklich wahnsinnig – doch er war charmant! Sie nahm ihre Gabel, drehte sie in den Nudeln und versuchte, nicht zu viel nachzudenken. Sie versuchte, sich in sehr verwirrenden Gewässern über Wasser zu halten. „Ich habe das Haus gekauft, das ich mir angesehen habe", sagte er schließlich und trank einen großen Schluck von seinem Tee. Sein Adamsapfel tanzte dabei. „Ich würde mich freuen, wenn du rauskommen und es dir ansehen würdest."

Roses Mund wurde trocken. Sein Blick war beunruhigend. „Ich bin mir nicht sicher, ob das eine gute Idee ist."

„Das ist eine sehr gute Idee. Schließlich wird Max dort viel Zeit verbringen. Und es ergibt schon Sinn, dass du dir das Haus ansiehst, findest du nicht?"

Rose stockte der Atem. Sie hatte ganz vergessen, dass Zane vielleicht immer noch daran dachte, das Sorgerecht für Max zu beantragen. Jetzt lag die Möglichkeit wieder auf dem Tisch. „Richtig", sagte sie. „Jetzt, wo du das sagst, würde ich es gerne sehen."

Er schenkte ihr ein wissendes Lächeln. „Dachte ich mir. Ich ziehe morgen ein. Wie wäre es, wenn du vorbeikommst?"

„Sicher", sagte sie. Was sollte sie sonst sagen?

„Aber ich kann morgen nicht. Weißt du was? Du hast es immer wieder vermieden, eine Frage zu beantworten. Hast du vor, das Sorgerecht für Max zu beantragen? Es ist an der Zeit, dass du mir sagst, was deine Absichten sind. Du warst derjenige, der gesagt hat, wir spielen ein Katz-und-Maus-Spiel."

„Was ist mit unserem schönen romantischen Abendessen passiert?"

„Das ist es einfach. Wie um alles in der Welt erwartest du und alle anderen in dieser Stadt, dass ich nicht darüber nachdenke?" Je mehr sie darüber nachdachte, desto wütender wurde sie. „Nichts davon funktioniert für mich." Sie stieß sich vom Tisch ab und wollte dringend raus. „Diese Scharade endet jetzt."

Zane packte ihren Arm. „Warte. Bitte geh nicht."

Sie funkelte ihn an, sagte aber nichts und wartete offensichtlich auf eine Antwort.

„Die Antwort ist nein", sagte er schließlich. „Ich will das Sorgerecht für Max nicht einklagen. Also entspann dich. Er ist sowieso alt genug, um sich eine eigene Meinung zu bilden. Ihn dazu zu zwingen, sich entscheiden zu müssen – das würde ich ihm nie antun. Und wir wissen beide, dass er dich wählen würde."

Rose schluckte schwer bei dem, was sie in seinen Augen sah und in seiner Stimme hörte. So viel Bedauern. So viel Liebe. Tränen füllten ihre Augen, und sie musste den Blick abwenden. Das war so schwer. Die ganze Situation.

Das Scheunentor öffnete sich, und Max kam herein. Zane beugte sich zu ihr vor. „Bitte weine jetzt nicht. Kannst du dich bitte entspannen, damit wir wieder nett zueinander sein können? Mir persönlich gefallen wir so besser."

Rose nickte, und bevor Max sie erreichte, tupfte sie sich ihre feuchten Augen ab.

Sie hasste es, sich verletzlich zu fühlen. Sie hasste es mehr, als irgendjemand jemals wissen konnte. Als sie Zane und dann Max ansah, die so süß aussahen wie die Teller mit Schokoladenkuchen, die er trug, fühlte sie sich emotional erschöpft. Sie hätte froh sein sollen zu hören, dass Zane sie nicht wegen ihres Kindes vor Gericht ziehen wollte. Doch selbst diese Nachricht konnte nichts an der Tatsache ändern, dass Max sich ein Happy End für die Geschichte wünschte … und Rose wusste, dass sie es ihm nicht geben konnte.

KAPITEL SECHZEHN

„Na, war's schön?", fragte Max am nächsten Morgen. Er hatte sie bereits mehrmals gefragt, bevor er am Abend zuvor schlafen gegangen war. Der Junge war so stolz gewesen, und sie hatte seiner Begeisterung keinen Dämpfer aufsetzen wollen.

Sie hatte während des restlichen Abendessens gelächelt und war dann vom Abend vollkommen traumatisiert zu Bett gegangen. Immer und immer wieder hatte sie um eine Art Frieden mit dieser Situation gebetet. Aber keiner kam.

Gott arbeitete meistens nicht so schnell – manchmal tat er es –, doch sie wusste aus Erfahrung, dass sich die Probleme meistens langsam lösten. Als sie Max jetzt ansah, wusste sie, dass sie nicht warten konnte. Max musste die Wahrheit wissen. Das in die Länge zu ziehen, würde ihn nur noch mehr verletzen.

„Max, ich muss ehrlich zu dir sein. Ich hatte eine schöne Zeit. Aber du musst verstehen, dass zwischen deinem Dad und mir nichts passieren wird. Das Letzte, was ich will, ist, dich zu verletzen. Aber Baby, du musst mir versprechen, dass du keine Partnervermittlungsversuche mehr startest."

„Mom, warum gibst du Dad keine Chance?" Er stieß seinen Stuhl zurück und stand auf.

Rose war nicht auf die offensichtliche Streitlust in Max' Ton vorbereitet. Oder die uncharakteristische Wut.

Sie stand am Waschbecken. „Max, er ist hier in der Stadt, wo du ihn so oft sehen kannst, wie du willst. Du musst wissen, dass er dich in seinem Leben haben will. Das ist, was zählt."

„Er will *uns* in seinem Leben, Mama. Siehst du das nicht? Er liebt dich. Aber du bist so stur."

„Max! Ich liebe Zane nicht."

„Ich glaube dir nicht. Und ich glaube dir immer. Es ist, als hättest du bei Dad Angst davor." Sie zuckte angesichts seines Tons zusammen, und er blieb plötzlich stehen und starrte sie an. „Das ist es, nicht wahr?"

Rose drehte das Geschirrtuch in der Hand und fühlte sich wie unter einem Mikroskop. Ja, sie hatte Angst, doch es war mehr.

„Mom, du hattest vor nichts Angst. Wie kann man Angst vor Dad haben?"

Sie setzte sich ihm gegenüber auf den Stuhl. Sie schuldete ihm eine Erklärung.

„Max. Hier geht's um mehr als nur um Zane." Wie sollte sie das formulieren? Es gab so viele Gründe für sie, mit ihren Entscheidungen zufrieden zu sein. „Es ist eher so, als ob ich einfach nicht das Gefühl habe, dass es das ist, was Gott für mich geplant hat. Wenn ich in seiner Nähe bin, bin ich ständig in Aufruhr. Ich finde keinen Frieden bei dem Gedanken, meine Unabhängigkeit aufzugeben. Ich musste sie mir so hart erkämpfen. Ich habe ein ruhiges Leben. Ich bin froh. Es ist nicht so, dass ich wirklich Angst vor Zane habe, sondern eher davor, es zu vermasseln. Zum zweiten Mal."

„Mom, du bist wie Supermom. Du bist mein Held. Aber du musst glauben, was du mir immer predigst. Du weißt, dass es in Ordnung ist, etwas zu vermasseln, denn wenn du es vermasselst, lernst du zumindest." Er versuchte, ihr gut zuzureden.

„Das ist anders. In dieser Situation würde ich nichts lernen. Außer dass ich es vermasselt habe. Und das will und brauche ich nicht. Ich habe hier alles, was ich brauche."

Max schüttelte den Kopf und verließ den Tisch. Er

sah nicht mehr wütend aus, doch die Enttäuschung in seinen Augen beunruhigte sie noch mehr.

„Was hast du heute vor?", rief sie und fühlte sich schrecklich, als er wegging. Montag war normalerweise ihr freier Tag, doch Ashby hatte sie gebeten, heute zu arbeiten, weil sie etwas außerhalb erledigen musste. Als sie eingewilligt hatte, hatte sie nicht viel darüber nachgedacht, doch jetzt, wenn sie Max so sah, wünschte sie, sie müsste ihn nicht allein lassen. Er sah so verloren aus, als er mit hängenden Schultern den Flur hinunterging.

„Wahrscheinlich nur fernsehen", sagte er und knallte seine Tür zu. Schloss sie zwischen ihnen, als wollte sein Herz einen Schlag gegen ihres landen.

Und traf mitten ins Schwarze.

„Ich habe gehört, ihr hattet gestern einen interessanten Abend bei Rose", sagte Sam, sobald Zane das Diner betrat. App und Stanley grinsten ihn ebenso an wie mehrere Cowboys, die frühstückten.

„Ihre Spaghetti waren großartig." Zane ließ sich auf einen Hocker nieder und sah Sam mit hochgezogenen Augenbrauen an. „Sie haben mir nie gesagt, dass Sie auch ein Kuppler sind."

Er grinste verschmitzt. „Normalerweise bin ich das

nicht. Aber Rose hat Adela und den Mädchen gesagt, dass sie sich raushalten sollen, und irgendjemand musste dem armen Jungen ja helfen."

„Hat es funktioniert?", rief App.

Zane rieb sich die Schläfe; er hatte einen Anflug von Kopfschmerzen, die von Schlafmangel herrührten, und sein Kopf und sein Herz kämpften miteinander. „Ich denke, die Zeit wird es zeigen, Applegate. Sam, ich würde Ihnen aber raten, sich zu verstecken, wenn Sie Rose kommen sehen."

Sam kicherte. „Glauben Sie?"

„Ja, aber kann ich bitte zuerst einen Kaffee zum Mitnehmen haben? Ich ziehe heute in mein Haus ein – zwischendurch, während ich hier den Frieden wahre." Das brachte ihm ein paar Lacher ein. Zane hatte es als Witz gemeint, doch ein Teil von ihm konnte sich immer noch nicht daran gewöhnen, wie die Dinge hier in Mule Hollow waren. Er fühlte sich, als könnte er hier selbstzufrieden werden, und für einen Mann, der sein Leben ständig am Rande verbracht hatte, wo ein Moment der Selbstzufriedenheit ein Leben kosten konnte … fiel es ihm schwer, sich mit diesem Gedanken anzufreunden. Brady schien es geschafft zu haben und dennoch wirkte er immer noch zuverlässig und fähig. Zane war entschlossen, sich an diesen neuen Lebensstil anzupassen. Besonders nach dem Gespräch mit Rose gestern Abend.

Er war mit vielen Gedanken im Kopf nach Hause gegangen. Er hatte jede verbleibende Wut, die er während des Gesprächs auf Rose empfunden hatte, losgelassen. Obwohl es klar war, dass sie nie über das hinwegkommen würde, was er ihr angetan hatte.

„Hier ist der Kaffee. Brauchen Sie Hilfe beim Einziehen?"

„Danke, Sam. Und nein. Ich werde im Grunde campen, bis meine Sachen aus dem Lager kommen. Was ich dabei habe, passt auf den Vordersitz meines Trucks."

„Willst du Rose zum Dekorieren einladen, Junge?", fragte Stanley, während er eine Handvoll Sonnenblumenkerne nahm.

Zane dankte Sam für den Kaffee und bezahlte. „Ich weiß nicht, Stanley, vielleicht müssen Sie ein gutes Wort für mich einlegen. Sie hat gestern Abend mit mir zu Abend gegessen, aber ich bin mir nicht sicher, ob sich ihre Gefühle mir gegenüber geändert haben."

„Ernsthaft?", fragte er.

„Das fürchte ich zumindest. Ich glaube, ich werde mehr Eingreifen brauchen, als Sie oder die Kupplerinnen von Mule Hollow mir geben können."

App rieb sich das Kinn. „Vielleicht musst du selber was unternehmen – wenn du Rose wirklich willst." Er sah auf den Tisch mit den Cowboys. „Oder vielleicht wartest du lieber, bis einer der Deppen hier schlau wird und ihr den Hof macht."

Einer der Cowboys schmunzelte und wollte etwas sagen, doch Zane warf ihm einen warnenden Blick zu, der ihn stattdessen ein Stück Pancake in seinen Mund stecken ließ.

„Das dachte ich mir", sagte App mit einem selbstgefälligen Grinsen.

„Ihr Jungs habt einen schönen Tag", sagte Zane und entschied, dass er nicht wollte, dass das Gespräch noch öffentlicher wurde.

Als er in seinen Truck stieg und auf die Hauptstraße einbog, fuhr Rose vor und parkte vor der Boutique. Sein Adrenalin schoss in die Höhe, als er sie sah, und auch wenn er gerade noch befürchtet hatte, er würde seine Wachsamkeit verlieren, ging jede Faser seines Seins in Alarmbereitschaft.

Er beobachtete, wie sie aus ihrem Auto stieg. Ja, er stand mitten auf der Straße und blockierte den Verkehr, wenn es Verkehr gegeben hätte, und beobachtete sie. Sie sah ihn und anstatt ihm die kalte Schulter zu zeigen, kam sie auf ihn zu.

„Guten Morgen", sagte sie und blieb einen Meter vor seinem offenen Fenster stehen. Sie sah alles andere als glücklich aus.

„Was ist?", fragte er und übersprang alle Höflichkeitsfloskeln. Sie wollte ihm sicher sagen, dass der ganze Abend ein Fehler gewesen war und sie ihn nie wieder sehen wollte – was schwer werden würde, da er ihr nicht geben konnte, was sie wollte.

„Es ist Max."

Zane erschrak. „Ist er ok?"

Sie nickte, sah aber nicht überzeugend aus. „Ich meine, er hat sich nicht im Wald verirrt oder so. Aber, na ja …" Sie sah aus, als wäre ihr zum Weinen zumute, und ihr Blick wanderte die Straße entlang, bevor er zu ihm zurückkehrte. „Ich denke, vielleicht solltest du mit ihm reden. Ich meine, ich weiß nicht wirklich, was ich für ihn tun soll. Und vielleicht …" Sie schluckte kräftig, und Zane wusste, dass es schwer für sie sein musste, ihn um Hilfe zu bitten. „Vielleicht braucht er seinen Vater, damit er ihm das alles erklärt … du weißt schon, das."

„Ja, ich weiß", sagte Zane und versuchte, ihr ein wenig zu helfen. „Ist was passiert?"

Sie nickte. „Er ist wirklich wütend auf mich."

„Ich fahre sofort raus."

„Vielen Dank."

Zane sah ihr nach, als sie den Laden betrat. Dann fuhr er zu ihrem Haus. Sie hatte ihn um Hilfe mit ihrem Sohn gebeten. Sein Herz füllte sich mit Hoffnung. Doch er wusste auch, dass zwischen ihr und Max etwas vorgefallen sein musste. Und das beunruhigte ihn.

Er fand Max in der Scheune, wo er die Lichterketten abriss. „Max, was machst du?"

„Ich entsorge diese blöden Lichter."

Zane brauchte einen Moment, um die wütenden Worte auf sich wirken zu lassen, bevor er auf ihn zuging und anfing, eine Lichterkette vom oberen Rand einer Box zu entwirren. „Willst du darüber reden?"

„Worüber? Es gibt nichts zu reden."

„Wenn dem so ist, warum bist du dann so wütend?"

Unter gesenkten Brauen beobachtete Zane, wie sich Max' Kiefer anspannte, bevor er einen weiteren Strang herunterriss. Er warf die Lichterkette auf den Boden und funkelte Zane an. Sein dünner Körper war steif, die Fäuste geballt.

„Mein ganzes Leben war sie eine Kämpferin. Hat mir immer ..." Er stemmte die Faust in seine Hüfte. „Immer gesagt, dass wenn irgendwas schiefgeht, alles okay ist, solange ich nur wieder aufstehe. Dass das den Charakter stärkt und so weiter. Dass es nicht das ist, was uns passiert, sondern wie wir darauf reagieren, was uns stark macht."

„Ich denke, das ist ein guter Rat. Und wahr." Und es klang wie Rose.

„Oh, also na ja, das ist eine Lüge! Genau wie die Hälfte von allem, was sie mir je erzählt hat. Du, ihr Leben im Zeugenschutzprogramm, unser Leben in diesen Frauenhäusern – alles. Doch die größte Lüge von allen ist, dass sie jedes Mal wieder aufgestanden ist. Denn das ist sie nicht."

Zane schwirrten Fragen im Kopf herum, doch er schwieg. Der Junge musste diese Gefühle rauslassen. Rose hatte von Anfang an gesagt, dass sie den Eindruck hatte, Max käme zu gut mit der Situation zurecht. Sie hatte Recht gehabt und er hatte es nicht ernst genug genommen.

„Das hat sie nie getan", sagte Max angewidert. „Sie ist nicht so mutig, wie ich dachte. Sie hat Angst."

„Angst wovor?"

„Vor dir."

„Vor mir?" Zane spürte, wie Blut in seinem Kopf rauschte und der Schmerz pochte. Er wusste, dass Rose Angst vor den Umständen hatte, doch das Letzte, was sie wollte, war, dass Max es wusste. Der Junge war zu schlau für sein eigenes Wohl.

„Ja, sie hat Angst, es zu vermasseln. Sie hat es gesagt. Vermasseln bedeutet in ihrem Fall, dass sie Angst hat, dass du dich, wenn sie dich heiratet, als Idiot entpuppst."

„Sie hat jedes Recht, Angst zu haben."

Max sah ihn fassungslos an. „Vor dir?"

Zane nickte. „Ja."

„Aber du bist ein Ranger. Ein Deputy. Sie sollte wissen, dass du ihr nicht wehtun wirst."

„Komm schon, Max. Du weißt ganz genau, das hat nichts damit zu tun, dass ich nie die Hand heben würde, um ihr auch nur ein Haar zu krümmen. Wir reden hier über ihr Herz. Und ein Herz ist nicht immer so belastbar, wie wir es uns wünschen. Ich habe ihr Herz schon einmal verletzt." Zane betete um die richtigen Worte, um Max zu helfen, denn er fühlte sich hilflos, als er ihn ansah.

„Es stört dich nicht zu wissen, dass sie dich liebt, aber nicht mit dir zusammen sein will?", fragte Max schwer atmend, seine Brust hob sich, als hätte er gerade ein Rennen beendet.

Zane schnaubte. „Es stört mich mehr, als du dir vorstellen kannst. Aber Max, ich bin einer der Gründe, warum sie so ist. Ich habe sie verlassen. Es spielt keine Rolle, warum, oder dass ich nichts von dir wusste. Es spielt keine Rolle, dass ich überzeugt war, das Richtige zu tun. Sie hat nicht nur Angst. Max, sie leidet und hält es genauso zurück wie du, seit du herausgefunden hast, dass sie dich angelogen hat."

Max wandte sich einer Box zu und trat so fest dagegen, dass Zane befürchtete, dass das Brett oder der

Fuß brechen würde. „Ja, lass die Wut raus. Es ist okay. Du darfst das. Und deine Mutter darf auch wütend sein. Sie ist eine bemerkenswerte Frau. Es ist nur so, dass sie alles verarbeiten und sich darauf einstellen muss, genau wie du. Genau wie ich. Das geht nicht über Nacht. Wir hätten es vielleicht gerne so, aber es geht nicht."

Max wischte sich mit dem Ärmel über die Augen und wandte sich wieder Zane zu. Seine Augen glänzten und waren gerötet. Zane wollte ihn in seine Arme ziehen und ihn fest umarmen; stattdessen legte er eine Hand auf seine Schulter.

„Weißt du, ich habe letzte Nacht nicht viel geschlafen. Ich habe nachgedacht und den Herrn gebeten, mir den Weg zu zeigen. Ich habe einen Vers im Ersten Korintherbrief nachgeschlagen. Der schwirrt mir jetzt ständig durch den Kopf, und ich wollte ihn ganz lesen. Kennst du den, von dem ich rede?"

Max' Blick wanderte zu seinen Füßen. „Korinther", sagte er nachdenklich. „Das ist Paulus, oder?"

Zane nickte. Zu wissen, dass Rose Max mit einem Bezug zur Kirche großgezogen hatte und ihm half, eine starke Beziehung zum Herrn aufzubauen, bedeutete ihm viel.

„Ist das der darüber, dass Liebe langmütig und gütig ist? Ich sehe das dauernd irgendwo als Dekoration hängen."

Zane lächelte. „Ja, der. Dieser Teil des Verses ist der beliebteste und trifft in diesem Fall sehr zu. Wenn du deine Mutter liebst, wirst du jetzt geduldig und gütig sein. Doch es ist der Teil gegen Ende des Verses, den Gott mir gezeigt hat. Wenn du die ganze Passage lesen willst, es ist der erste Korintherbrief 13:1–7. Vers sieben sagt sie erträgt alles, glaubt alles, hofft alles und hält allem stand."

Unter Zanes Hand hob und senkte sich Max' Schulter, während er tief durchatmete. Zane ließ seine Hand sinken und wartete.

Mit stärkeren Augen blickte Max zu ihm auf. „Machst du das gerade?"

Zane nickte. „Ich weiß nicht, was mit deiner Mutter und mir passieren wird. Aber Gott weiß es … und ich vertraue und hoffe und behalte diese Dinge in meinem Herzen. Ich liebe dich, Sohn. Ich werde immer für dich da sein, um dich zu beschützen und zu führen, egal was zwischen mir und deiner Mutter passiert. Im Moment versuche ich einfach auch, ihr Herz zu schützen. Es braucht Zeit. Ich weiß, dass Gott mir diesen Vers ans Herz gelegt hat, um mir zu helfen, zu verstehen."

Max sah sich in der Scheune um. Zane wusste, dass er all die Lichter betrachtete. „Ich habe sie mit all dem überrumpelt."

„Vielleicht ein bisschen. Aber es kam von Herzen,

und das kann dir niemand vorwerfen. Es könnte genau das gewesen sein, was wir gebraucht haben, um ihr einen Schubs in die richtige Richtung zu geben. Wer weiß? Ich hätte in einer Million Jahren nicht daran gedacht, so etwas zu tun." Er lachte. „Und es war wunderbar!"

„Fandest du?"

„Ja, vielleicht hast du deinen alten Vater zu einem Romantiker gemacht."

Max lachte und verdrehte die Augen. „Ich glaube, Mädchen mögen diesen romantischen Kram."

„Ich denke, du wirst eines Tages ein Mädchen sehr glücklich machen. Aber wie wäre es jetzt mit dem Kaktusfeld bei mir zu Hause? Was sagst du? Wie wäre es, wenn wir deine Träume wieder auf die Spur bringen und du mir beim Einziehen hilfst, und dann machen wir uns an die Arbeit?"

„Klingt nach einem Plan."

Zane gab nach und zog ihn in eine Umarmung. „Du machst das großartig, Junge." Max erwiderte die Umarmung, und Zane hatte sich noch nie so vollkommen in Frieden und dankbar gefühlt, am Leben zu sein, wie in diesem Moment.

KAPITEL SIEBZEHN

Am Mittwochmorgen lieferte Rose gerade Gelee bei Pete ab, als Zane hereinkam. Sie lächelte dankbar, denn was auch immer er am Montag zu Max gesagt hatte, es hatte funktioniert. Max schien mehr wie er selbst zu sein und arbeitete jetzt jeden Tag bei Zane, um das Kaktusfeigenfeld abzuernten. Sie hatte nicht gedrängt, herauszufinden, was er zu ihm gesagt hatte, und empfand Frieden bei dem Gedanken, dass sie es vielleicht nicht wissen musste.

Ashby hatte am Dienstagmorgen angekündigt, dass sie ein Baby erwarte, und Rose war begeistert. Wie alle anderen auch. Doch trotz Ashbys wunderbarer Neuigkeiten musste Rose immer noch drei Tage lang Fragen ertragen, wie ihr besonderes Dinner-Date verlaufen war. Es war schon anstrengend genug gewesen, alle davon zu überzeugen, dass sich nichts geändert hatte. Als sie ihn jetzt jedoch ansah, wusste sie, dass es doch so war. Sie war nicht mehr wütend auf ihn.

Doch das war alles. Sie akzeptierte, dass sie vielleicht in derselben Stadt leben und ihren Sohn teilen konnten.

Als sie ihn in den Laden kommen sah, sagte sie sich, dass ihr Puls nur deshalb so raste, weil sie erschrocken war, dass er so mitgenommen aussah. Seine Stiefel und seine Jeans waren mit Schlamm verschmiert, und sein Hemd war feucht. Dabei war es erst neun Uhr!

„Was ist denn mit dir passiert?" Pete stellte die Frage, die ihr auf der Zunge gelegen hatte.

Zane sah verlegen aus, und Rose lächelte, als er kurz den Kopf hängen ließ.

„Kennst du den Esel von Cort und Lilly Wells?"

„Samantha", sagte Pete. „Jeder kennt diesen Esel."

„Ich jetzt auch. Ich war heute Morgen auf dem Weg in die Stadt und habe sie gesehen. Sie war im Schlamm des Kuhteichs oben an der Straße stecken geblieben. Ich musste Cort holen, damit er mir hilft, sie aus ihrer misslichen Lage zu befreien. War nicht leicht."

„Ich bin so froh, dass du sie gesehen hast", sagte Rose. „Geht's ihr gut? Lilly würde es nicht ertragen, wenn ihrer süßen Samantha etwas zustoßen würde."

Zane sah amüsiert aus. „Ihr geht's gut. Sie hat mich über ihre Schulter mit diesen großen Lippen angegrinst, während ich versucht habe, ihren dicken kleinen Hintern aus dem Schlamm zu schieben. Cort war am anderen Ende mit einem Seil."

Pete johlte. „Klingt, als hättest du das schlechte Ende dieses Deals abbekommen. Aber dieser Esel grinst jeden an. Sie ist wirklich ein lustiges Vieh."

Rose lachte. „Oh ja, das ist sie. Warum habt ihr ihr nicht Bananen-Toffee angeboten?"

Zane sah gequält aus. „So haben wir sie letztendlich rausbekommen. Lilly kam nach einiger Zeit, nachdem sie das Baby umgezogen hatte. Und als sie mit der Tasche voll von Toffee dort angekommen ist und das alte Mädchen es gerochen hat, ist sie von selbst aus dem Schlamm marschiert."

Er schüttelte den Kopf. „Das war das Seltsamste, was ich je gesehen habe."

„So ist Samantha. Sie hat sich wahrscheinlich nur eine Schlammpackung gegönnt", sagte Pete grinsend. „Brauchst du irgendwas? Außer einem Bad?"

„Nein, nichts, Pete. Eigentlich habe ich Rose gesucht. Würde es dir was ausmachen, wenn ich sie kurz stehlen und mit ihr reden würde?"

Pete blickte von Zane zu Rose. „Mir macht das nichts aus, wenn es ihr nichts ausmacht."

„Natürlich", sagte Rose, als sie das letzte Glas Gelee aus der Kiste nahm und es neben die anderen auf den Tresen stellte. Zane griff gleichzeitig nach der leeren Kiste, und ihre Hände berührten sich. Ihr Puls beschleunigte sich, und sie zog sich sofort zurück.

„Das kann ich tragen", sagte sie, während er die Kiste zur Tür trug.

„Da bin ich mir sicher", sagte er. „Aber ich tue es trotzdem." Er grinste sie über seine Schulter an, als wären sie beste Freunde.

Und einfach so flammte ihre Wut auf ihn auf – oder vielleicht war es nur seine Nähe, die sie so verletzlich und verängstigt und nervös machte, dass sie wütend auf sich selbst und nicht auf ihn war.

Sie eilte aus dem Futterladen, öffnete die Tür ihres Wagens und wartete, während er die Kiste hineinstellte. Er sah ziemlich erledigt aus, und sie stellte sich vor, wie er mit Samantha im Schlamm steckte, und konnte ein Lächeln nicht unterdrücken.

Er richtete sich auf und ertappte sie dabei. „Hey, hör auf zu grinsen."

„Tut mir leid. Es ist nur, ich bin sicher, du wusstest nicht, dass die Rettung von Bananentoffeefressenden Eseln zu deinem Job hier in Mule Hollow gehören würde."

Er wurde rot. „Nein, habe ich nicht. Das ist eine ganz andere Welt hier."

„Ja, ist es", sagte sie und hielt seinen Blick für einen

Moment fest, als ihre Gedanken in die Vergangenheit zu schweifen schienen.

„Alles besser zu Hause?", fragte er schließlich, um das unbehagliche Schweigen zu überbrücken.

„Ja. Ich weiß nicht, was du zu Max gesagt hast, aber er scheint eher er selbst zu sein."

„Gut. Er war nur ein bisschen übermotiviert. Alles wird gut. Er hat in den letzten Tagen wirklich hart gearbeitet."

Sie nickte und versuchte sich zu entspannen, doch das Gespräch schien gezwungen, gestelzt. Sie war einfach zu angespannt, wenn sie neben Zane stand.

„Also, wann kommst du raus und siehst dir meine Farm an? Ich campe gerade da, während ich darauf warte, dass meine Möbel aus dem Lager kommen. Doch ich würde dir gerne das Haus zeigen. Und reden."

Sie war so versucht. Sie hatte gebetet, dass Gott ihr Gemüt und ihr Herz beruhigen würde, wenn es um Zane ging. Doch es war noch nicht passiert. Alles, was sie empfand, war eine herzzerreißende innere Unruhe, als sie zu ihm aufblickte.

„Ich kann heute wirklich nicht. Ich muss nach der Arbeit Gelee machen." Er vergrub seine Hände in seinen Hosentaschen und sah einem enttäuschten Max so ähnlich, dass sie es nicht ertragen konnte. „Vielleicht aber morgen Abend."

Er lächelte. „Klingt nach einem Plan."

Sie lächelte, sowohl wegen des Lächelns auf seinem Gesicht als auch wegen der Tatsache, dass er dieselben Worte benutzte wie Max.

„Gehst du morgen früh ins Krankenhaus?", fragte er.

„Ja, mit derselben Gruppe, die am Sonntag gegangen ist. Wir fahren vor Tagesanbruch los. Ich freue mich so für Dottie und Brady."

„Ja, sie scheinen ziemlich aufgeregt zu sein." Er trat zurück, sah aber fast so aus, als wollte er nicht gehen. „Ich fahre jetzt besser nach Hause und ziehe mich um, damit Mule Hollow sich nicht für seinen Deputy schämen muss. Pass auf dich auf, und wir sehen uns morgen."

Rose sah ihm nach, wie er in seinen Truck stieg, dann eilte sie über die Straße zum Laden. Ihre Beine waren so wackelig wie an dem Tag, an dem er in die Stadt gekommen war. Die Folter schien nie zu enden.

„Ihr hättet Zane und Cort sehen sollen!", sagte Lilly Wells über den Fahrtwind hinweg. Sie saßen in dem großen rosa Cabrio und fuhren mit offenem Verdeck über die Autobahn. Rose saß auf dem Rücksitz zwischen Molly, der Reporterin, und Lilly. Lacy fuhr und Sheri saß auf dem Beifahrersitz. Lacy und Sheri trugen beide fluoreszierende Baseballmützen, doch ihr kurzes Haar tanzte immer noch um ihre Ohren. Molly hatte auch eine Baseballmütze auf, und ihr langer Pferdeschwanz hing hinten heraus, doch Rose und Lilly hatten nicht an Hüte gedacht. Als sie Lilly mit ihren dunklen Korkenzieherlocken ansah, die im Wind peitschten, hatte sie Angst, wie ihr eigenes Haar aussehen würde, wenn sie im Krankenhaus ankamen.

„Er sagte, du hast sie mit Toffee rausgeholt", sagte Rose. Lacy blickte mit großen Augen über ihre Schulter.

„Oh, hat er das! Hattet ihr ein nettes Gespräch darüber?"

Rose errötete und sah zur Seite, nur um Mollys fragenden Blick zu sehen. Das Letzte, was sie wollte, war, dass Molly in ihrer Zeitungskolumne über sie und Zane schrieb.

„Ich habe nur kurz mit ihm gesprochen. Das ist alles. Da sind absolut keine Neuigkeiten", sagte sie zu Molly.

„Mach dir keine Sorgen", sagte sie. „Ich schreibe nicht über dich und Zane. Angesichts deiner Vergangenheit, weißt du, mit dem Verstecken und so, glaube ich einfach nicht, dass es eine gute Sache wäre, dem ganzen Land von eurer Romanze zu berichten. Auch wenn du jetzt außer Gefahr bist."

Das war zumindest ein Segen. Nur, dass sie Romanze gesagt hatte. „Es gibt keine Romanze."

„Und warum nicht?", fragte Lilly. „Er war gestern so süß. Du hättest ihn sehen sollen, diesen großen, heldenhaften Mann, der seine Schulter gegen Samanthas Hinterteil gedrückt hat. Weißt du, das Vieh hat die Größe eines kleinen Elefanten. Und sie hat ihm immer wieder mit dem Schwanz ins Gesicht geschlagen." Lilly kicherte. „Ich habe ihr gesagt, dass das nicht sehr nett ist, aber sie hat nur gegrinst. Ich habe es den Männern nicht gesagt, aber die Wahrheit ist, sie hätte jederzeit allein aus dem Schlamm steigen können."

„Warum hat sie es nicht getan?", fragte Rose; das Bild von Zane und dem Esel brachte sie zum Lächeln.

Lacy johlte vom Vordersitz. „Weil Lilly sie auf Diät gesetzt hat. Darum!"

Lilly nickte. „Bingo! Sie muss dringend abnehmen, doch für Bananentoffee würde sie alles tun, das kleine Biest. Sogar so tun, als ob sie im Schlamm steckt. Der einzige Grund, warum ich es ihr gestern gegeben habe, war, dass ich den armen Zane nicht in Verlegenheit bringen wollte. Ich meine, er hat wirklich hart gearbeitet, um sie zu retten! Wie konnte ich ihm da sagen, dass sie ihn hinters Licht geführt hat?"

Rose kicherte. Sie konnte nicht anders. Armer

Zane. „Ich glaube, du hattest Recht. Er muss wahrscheinlich nicht die Wahrheit wissen."

Ihr Lachen schallte hinter ihnen her, als Lacy den großen Wagen um eine Kurve lenkte. Rose fühlte sich plötzlich unbeschwert und glücklich. Auch, wenn ihre Gedanken für den Rest der Fahrt gefährlich nah bei Zane blieben.

KAPITEL ACHTZEHN

Das Wartezimmer im Krankenhaus war überfüllt. Rose wartete zusammen mit halb Mule Hollow darauf, dass der Arzt kam und ihnen gute Neuigkeiten über das Baby von Dottie und Brady überbrachte.

„Esther Mae, ich glaube nicht, dass wir dich bei der Geburt in die Nähe des Babys lassen müssen. Sie könnte Alpträume bekommen, wenn sie einen Hauch von den zehn Gallonen Gardenienparfüm riecht, in denen du gebadet hast!"

Esther Maes Augen weiteten sich. „Ich rieche nichts. Es waren nur drei Spritzer."

„Drei Spritzer!", schnaubte Norma Sue. „Das Zeug stinkt so widerlich, dass ein kleiner Klecks reicht, um jeden potentiellen Angreifer zu vertreiben."

„Norma Sue, schäm dich", sagte Rose und brachte sie zum Lachen. „Du stinkst nicht, Esther Mae. Das

Baby wird dich lieben."

Norma Sue wollte ihre Freundin noch mehr ärgern, doch der Arzt kam durch die Doppeltür, und sie ging stattdessen auf ihn zu. „Also, wie geht's unserer Dottie?", fragte sie. „Und unserem Baby?"

„Ich freue mich, Ihnen mitteilen zu können, dass Dottie gerade ein sieben Pfund schweres Mädchen zur Welt gebracht hat. Sowohl Mutter als auch Baby sind wohlauf."

Ein Jubel brandete durch die wartende Menge.

„Und Daddy?", rief Lacy über das Gebrüll hinweg. „Wie hält er sich?"

„Ihm geht's auch gut. Im Moment hält er sein Baby und lernt es kennen."

Nachdem er erklärt hatte, dass sie das Baby in wenigen Minuten am Fenster der Säuglingsstation sehen könnten, ließ er sie alle zurück.

Rose ließ sich glücklich auf ihren Stuhl sinken, als die anderen zum Ende des Flurs stürmten, um vor dem Fenster auf das Erscheinen des Babys zu warten.

Lacy ließ sich neben sie fallen. „Unser erstes Baby. Was denkst du?"

„Ich bin begeistert."

„Ich auch. Doch ich sehe auch begeistert aus, findest du nicht?" Sie grinste breit.

Rose verschluckte sich vor Lachen. „Ja, du siehst

begeistert aus. Und ein bisschen durchgeknallt vielleicht."

„So, wie es sein soll. Du andererseits siehst aus, als wärst du eine Million Meilen weit weg. Und unglücklich, dort zu sein."

Rose warf ihrer Freundin einen gequälten Blick zu. „Warum musst du so aufmerksam sein?"

„Weil Gott mich so geschaffen hat. Und da ich mich ein bisschen dafür verantwortlich fühle, nachdem ich dich neulich Abend vor seinem Wagen abgesetzt habe, muss ich fragen, ob das vielleicht mit einem gewissen hübschen Deputy zu tun hat?"

Rose stöhnte. „Du machst mich fertig. Und ja, du solltest dich für deine Rolle bei diesem kleinen Überfall, den ihr neulich Abend geplant habt, sehr schämen."

„Das beantwortet meine Frage allerdings überhaupt nicht." Lacy tippte sich an die Stirn. „Wo bist du gerade?"

„Oh, wenn du es wissen musst, ich fahre heute Abend zu Zane."

„Nein wirklich? Das ist vielversprechend."

„Nein. Ich schaue mir nur sein neues Haus an."

„Schauen ist gut. Reden ist besser. Doch es ist ein Anfang. Ich liebe es, Clint anzuschauen. Manchmal sitze ich ihm einfach gegenüber und kann einfach nicht glauben, dass er mir gehört."

„Lacy! Ich werde mir sein Haus ansehen, und das ist alles."

„Im Ernst, Rose. Weißt du überhaupt, wie man sich amüsiert? Kein Witz jetzt. Du erinnerst dich, wie das geht, nicht wahr?"

Rose war sich nicht so sicher, ob sie es tat. Sie entschied sich, die Frage zu ignorieren. „Ich gehe nur, weil ich um Max willen versuche, freundschaftlich mit ihm umzugehen."

„Oh Himmel. Sind wir also schon wieder da angekommen? Darüber haben wir gestern Abend gesprochen. Du musst was tun, um deinetwillen."

„Wenn ich etwas für mich tun würde, würde ich mich von Zane fernhalten."

„Das glaube ich dir nicht", sagte Lacy und sprang vom Stuhl auf, als wäre es Esther Maes Mini-Trampolin. „Ich fange an zu denken, dass du ein hoffnungsloser Fall bist."

„Boah, herzlichen Dank auch."

„Ernsthaft. Wenn du Zane nicht daten willst, musst du mit jemand anderem ausgehen. Irgendjemand."

Rose stand auf und entschied, dass dieses Gespräch schnell enden musste. „Komm. Lass uns das Baby sehen."

Esther Mae hatte ihre Nase an das Glas gepresst, was ein gutes Zeichen dafür war, dass das Baby gerade den neugierigen „Tanten" präsentiert wurde.

Lacy trat neben sie. „Wenn ich's mir recht überlege, solltest du mit niemand anderem ausgehen. Du solltest Zane heiraten und noch ein Kind bekommen."

„Lacy!"

„Rose!", imitierte Lacy sie und kicherte. „Ich zieh dich nur auf. Doch geh heute Abend wirklich da raus und mach mich stolz."

Rose stöhnte. „Ich werde mir jetzt dieses wunderschöne Baby ansehen."

„Ich auch. Dann fahre ich dich nach Hause, damit du dich auf dein tolles Date vorbereiten kannst."

„Das ist kein Date", erinnerte sich Rose an diesem Nachmittag, als sie zu Zane fuhr. Ihre Nerven prickelten, sie waren so erschöpft. Sie wusste eindeutig, dass zu viele Begegnungen mit Zane ihre Entschlossenheit schwächen würden. Darüber hatte sie den ganzen Tag nachgedacht.

Zane schien nicht bewusst zu sein, dass sie nicht verpflichtet war, rauszufahren und sich sein neues Zuhause anzusehen. Sie wusste es jedoch.

Es war eine mittelgroße Ranch mit schönen alten Eichen, die über die vorderen Weiden verteilt waren. Es war die Art von Landschaft, die einen Menschen dazu inspirierte, durch die offenen Felder zwischen den Bäumen zu wandern. Vor allem Anfang April, wenn sich die Wiesenlupinen wie ein tiefblauer Teppich über die Wiesen ausbreiteten. So hatte es ausgesehen, als sie letztes Jahr zum ersten Mal hergekommen war und sich das Land angesehen hatte.

So hatte es an dem Tag ausgesehen, als sie sich in dieses Land verliebt hatte.

Da jetzt praktisch Mai war, war die Weide von den braunäugigen Susannen leuchtend gelb. Als sie auf die Schotterstraße einbog, die eigentlich eine private Schotterstraße zum Haus war, erinnerte sie sich an den Tag, an dem sie zum ersten Mal hierhergefahren war. Sie hatte davon geträumt, dass sie es sich leisten könnte, sich und Max eine solche Ranch zu kaufen. Natürlich hatte sie nie jemandem davon erzählt. Als Realistin mit spärlichen Mitteln hatte sie gewusst, dass es ein unmöglicher Traum war.

Doch trotzdem war sie gekommen, um es sich anzusehen … oft sogar.

Wie Max sagte, gab es ein Kaktusfeigenfeld, das sich meilenweit erstreckte. Es war die Art natürlicher Ressource, die es ihr ermöglicht hätte, ihr Geschäft von Anfang an größer aufzuziehen. Doch es war nur ein Traum, und sie war mehr als glücklich gewesen, in der

236

Lage zu sein, das Grundstück zu kaufen, auf dem sie jetzt lebten. Das Land war billig und nicht groß gewesen, doch ideal, um den Grundstein für ihr Geschäft zu legen. Sie war dankbar, dass sie ein Zuhause für Max und sich im Rahmen ihres Budgets gefunden hatte. Sie liebte ihr Zuhause.

Dennoch, wenn sie das Geld gehabt hätte, wäre das ihr wahrer Traum gewesen. Es war ein Geheimnis, das sie mit ins Grab nehmen würde. Und eine seltsame Ironie, dass Zane hierhergezogen war und es gekauft hatte.

Warum auch nicht? Es war das schönste Anwesen in vier Countys, auch wenn man das Kaktusfeigenfeld nicht als Bonus empfand.

Das Haus kam in Sicht, als sie einen sanften Hügel hinauffuhr. Allein der Anblick ließ ein warmes Glücksgefühl in ihr aufkommen. Es war ein großzügiges Ranchhaus, weiß mit auffallenden schwarzen Fensterläden und einer freistehenden Garage, die über eine überdachte Terrasse mit dem Haus verbunden war. Sie wusste von ihren früheren Besuchen, bei denen sie durch die Fenster gespäht hatte, dass sich auf der Rückseite eine Terrasse mit Steinplatten und einem großen gemauerten Grill an einer Seite befand. Drinnen war es ein sehr maskulines Zuhause. Doch sie liebte die einfachen, kühnen Linien und den größeren Maßstab. Es passte in die Landschaft. Es sah auch so aus, als passte es zu Zane.

Irgendwann hatte er zwei Töpfe mit roten Geranien gekauft und sie standen neben der Haustür. Ein willkommener Farbtupfer vor dem weißen Hintergrund.

Das Haus war eigentlich perfekt für Zane. Die Tatsache, dass sie sich das immer wieder sagte, zerrte an ihren bereits angeschlagenen Nerven, als sie an der Tür klingelte.

Er öffnete nicht, also klingelte sie erneut und ging, nachdem sie noch ein paar Minuten gewartet hatte, um das Haus herum in den Garten.

Ein ganzes Stück weiter – mehr oder weniger ein Footballfeld vom Haus entfernt – stand eine große Wellblech-Scheune. Sie ging in diese Richtung.

„Max!", rief sie. Sie war schon auf halbem Weg, als sie Zanes Truck von der Straße kommen sah und hinter ihm Max auf einem Quad. Roses erster Impuls war, wütend zu werden. Wie konnte Zane es wagen, Max eines dieser gefährlichen Dinger fahren zu lassen!

In dem Moment, als er aus dem Truck stieg, war sie neben ihm.

„Was denkst du dir dabei, ihn das fahren zu lassen?"

Zane sah sie an, als hätte sie den Verstand verloren. „Er ist vierzehn, Rose. Es ist ein Ranchfahrzeug."

„Aber—"

Max lachte, als er vom Sitz sprang. „Mom, entspann dich. Das Ding ist so sicher wie ein Golfcart."

Sie wollte noch mehr sagen, begriff aber, dass es die Wahrheit war. Sie war einfach überfürsorglich oder ein bisschen besitzergreifend, was Max anging. Es war eindeutig etwas, das sie überwinden musste.

Dass Max glücklich aussah, begeisterte sie. „Schau, was ich hinten drauf habe", sagte Max und winkte sie zu der kleinen Ladefläche des Fahrzeugs. Sie war nicht größer als etwa einen Meter mal einen Meter, doch sie war randvoll mit Kaktusfeigen.

„Hast du die alle heute geerntet?"

„Ja, Ma'am. Und wo die herkommen, gibt es noch viel mehr!", sagte Max, seine Miene war lebhaft, und er strahlte. „Wir werden viel Saft zu trinken haben. Alles, was du tun musst, ist, sie einzukochen. Ich werde in den nächsten Wochen arbeiten wie wild, um diese Babys und den Rest, der da draußen darauf wartet, zu pflücken und abzufackeln."

„Oh", keuchte Rose, begeistert von seiner Aufregung.

Er rutschte auf die Sitzbank des Quad und packte das Lenkrad. „Komm." Er klopfte auf den Sitz neben sich. „Das musst du sehen."

Zane nahm seinen Hut ab und grinste, als er auf den

Sitz deutete. „Nach dir."

Rose glitt neben Max auf den Sitz und rutschte näher heran, als Zane sich auf ihre andere Seite setzte.

„Auf geht's, junger Mann.", sagte er und sah an ihr vorbei zu Max.

„Auf geht's!", rief Max und gab Gas – der Junge war anscheinend viel zu oft in Lacys Auto gefahren.

Rose sah schweigend zu, wie er das kleine Fahrzeug die Straße entlang manövrierte. Sie konzentrierte sich darauf, ihn zu beobachten und nicht auf die Tatsache zu achten, dass ihre gesamte rechte Seite gegen Zanes linke Seite gepresst wurde. Er brauchte natürlich mehr Platz und legte seinen Arm automatisch hinter ihr über die Sitzlehne. Seine Hand hing zwischen ihrer Schulter und Max von der Rückenlehne des Sitzes und nahm sie im Grunde in seine entspannte Umarmung. Das war schwer zu ignorieren.

„Ich liebe dieses Land wirklich", sagte sie und sah zu ihm auf.

Der Wind peitschte um sie herum und sie war sich ziemlich sicher, dass sie fürchterlich aussah. Sein Haar war kurz und da er seinen Hut aufhatte, sah er genauso gut aus wie immer. Das Leben war manchmal einfach nicht fair.

„Ich bin wirklich froh, dass du das tust. Ich hätte es

nicht gekauft, wenn ich das Gefühl hätte, es würde dir nicht gefallen."

Sein Eingeständnis überraschte sie, und das Licht, das seine Augen wärmte, sagte ihr, dass er es wusste.

Sie wandte den Blick ab und versuchte, seinem Eingeständnis nicht zu viel Bedeutung beizumessen. Seine Hand strich über ihren Arm und sandte einen Nervenkitzel ungewollter Bewusstheit durch sie. Ihr Blick fiel auf seine Hand … nur streichelte er nicht ihren Arm, sondern hatte nur ihren Arm berührt, um ihre Aufmerksamkeit auf das zu lenken, worauf er zeigte.

Verlegen über ihre Annahme blickte sie auf die Weide, auf die er zeigte, und sagte sich, sie würde aufhören, voreilige Schlüsse zu ziehen, als sie durch ein offenes Tor fuhren und über die Weide zu der Stelle kamen, an der das Kaktusfeigenfeld vor ihnen begann.

„Ist das nicht erstaunlich, Mama?"

Sie nickte, beeindruckt von dem Anblick der Kakteen, genau wie bei all den anderen Malen, als sie gekommen war, um sie anzusehen.

„Max hat mir eine Geschichtsstunde über all das hier gegeben."

„Er hat seine Hausaufgaben gemacht", sagte sie. „Es ist erstaunlich zu denken, dass sich Felder wie diese über so weite Flächen erstrecken und auch für dieses Land so wichtig sind. Nicht nur, weil sie die Indianer mit Nahrung versorgt haben, sondern auch sozial und wirtschaftlich."

Zane warf ihr einen Blick zu. „Mir gefällt auch, wie es aussieht. Diese hässlichen lila Früchte, die an ihnen hängen, haben einfach was Schönes an sich."

Max kicherte. *Kicherte.*

Rose lachte über die Reaktion ihres Sohnes auf Zanes bizarre Bemerkung und über die Bemerkung selbst. Es schien nur seltsam, dass sie von ihm kam. Doch als sie alle drei zusammen auf dem Sitz des Quad saßen und über die sanften Hügel voller Kakteen blickten, konnte sie nicht anders, als sich zu fragen, ob er das gesagt hatte, weil er sie verstand. Verstand, dass die hässliche lila Frucht für sie so viel mehr bedeutete als nur einen Gehaltsscheck.

Konnte er wissen, dass die Arbeit mit den Kaktusfeigen für sie symbolisierte, all die hässlichen Teile ihres Lebens zu nehmen und sie in etwas Schönes zu verwandeln? Nein, das würde niemand außer ihr verstehen.

„Lass uns zurückgehen, Max", sagte er nach einer Minute, und zu Rose sagte er: „Wir dachten, wir können ein paar Burger grillen."

„Aber", begann sie zu protestieren und fühlte sich verletzlich. Das war kein Date. Sie war nur hergekommen, um sich das Haus anzusehen, und dann würden sie und Max nach Hause fahren. Ein Abendessen gehörte nicht zum Plan.

„Mom", sagte Max. „Sag nicht nein. Wir müssen mit Dad feiern, dass er ein neues Zuhause gefunden hat. Es ist nur fair."

Sie zählte bis zehn, da sie wusste, dass er sich auf die Seite seines Vaters schlagen würde, doch das konnte sie Max nicht übelnehmen. „Burger klingen großartig", sagte sie und faltete die Hände im Schoß, während sie sich auf das vorbereitete, was sie im Haus erwartete.

Eine schwere Zeit, das war das, was sie erwartete.

Sie fragte sich, ob es Gott Spaß machte, sie zu foltern … denn es kam ihr wirklich so vor.

Zane Cantrell spielte nicht fair.

Rose kochte leise vor sich hin, als sie später am Abend nach Hause fuhr. Er nutzte ihre Schwäche, Max glücklich sehen zu wollen, zu seinem Vorteil.

Neben ihr war Max still, als er aus dem Fenster in die Dunkelheit starrte. Wahrscheinlich sonnte er sich in dem wunderschönen Abend, den sie gerade gehabt hatten. Oh, und es war wunderbar gewesen.

Der perfekte gemütliche Familienabend mit Hamburgern vom Grill. Eine nette Unterhaltung am Tisch im Freien, gefolgt von Sterngucken als Familie.

Oh, der Mann war hinterhältig.

Und charmant und völlig unerbittlich in der Tatsache, dass er der perfekte Gentleman war. Er machte keine Annäherungsversuche, versuchte nie, sie zu küssen … seit jenem Tag in ihrem Haus hatte er es nicht mehr versucht. Er hatte nicht einmal Andeutungen gemacht, dass er es wollte. Doch trotzdem hatte sie ihn durchschaut.

Zane hatte ihre Schwäche herausgefunden und schoss aus allen Rohren auf sie.

„Mom", sagte Max und drehte sich auf seinem Platz um, um sie direkt anzusehen. „Ich kann dir nichts vormachen. Ich will das."

Ha! Er musste nicht näher darauf eingehen; sie wusste genau, was „das" war. *Du willst es auch.* Diesen Gedanken unterdrückte sie schnell.

„Aber ich möchte, dass du weißt, dass ich mit der Situation auch so zufrieden bin."

Er nickte, um sie zu beruhigen, als sie ihn erschrocken ansah. Dann richtete sie ihren Blick wieder auf die Straße.

„Dad hat mit mir gesprochen und mir geholfen zu erkennen, dass ich mit den Kuppelversuchen aufhören muss."

Sie atmete scharf ein. „Meinst du, was du da sagst?"

„Ja, Ma'am. Können wir es einfach locker angehen? Ich meine. Wie heute Abend. Manchmal ist es einfach schön, mit euch beiden zu Abend oder zu Mittag zu essen. Ich meine, ich werde nicht darauf drängen, dass ihr ein Paar seid, wenn ihr mir das einfach manchmal geben könnt."

Rose bog in ihre Einfahrt ein. War das ein Trick? Diese Idee beunruhigte sie weit mehr als sein unverhohlener Kuppelversuch. „Meinst du das ehrlich? Oder ist das wieder ein neuer Plan?"

„Kein Plan. Das verspreche ich. Ich habe es wirklich genossen, heute Abend wie eine Familie mit euch beiden zusammen zu sein. Und neulich Abend, als Dad vorbeigekommen ist und wir uns Bilder und so angeschaut haben. Ich mag das. Du musst mir glauben. Ich werde nicht lügen und sagen, dass ich mir nicht wünsche, dass mehr daraus wird, aber das ist eine Sache zwischen euch beiden." Max sah verletzlich aus, obwohl er versuchte, es nicht zu zeigen.

„Okay. Also gut", sagte Rose. Sie zwang ihre Mundwinkel, sich zu heben, und bemühte sich um ein aufrichtiges Lächeln.

„Danke, Mom. Ich habe es jetzt verstanden, denke ich. Es ist so, wie es mir die alten Damen am Anfang gesagt haben, als ich sie angefleht habe, mir zu helfen. Wenn da keine Liebe ist, dann will ich euch nicht zusammen. Es würde euch am Ende nur unglücklich machen und, Mom ..." Er traf sie mit einem aufrichtigen Blick. „Alles, was ich je wollte, ist, dass du glücklich bist. Das glaubst du mir, nicht wahr?"

Diesmal lächelte sie, und ihre Aufrichtigkeit entsprach seiner. „Ja, Honey. Das glaube ich von ganzem Herzen."

Er beugte sich zu ihr hinüber und umarmte sie, dann sprang er aus dem Wagen und eilte ins Haus.

Rose atmete tief durch und hielt den Atem ein paar Sekunden lang an, bevor sie ihn langsam und nachdenklich ausblies.

Wenn da keine Liebe ist, dann will ich euch nicht zusammen. Es würde euch am Ende nur unglücklich machen.

Aber was wäre, wenn da Liebe war? Was, wenn da Liebe war, aber ihre Angst sie zurückhielt?

Rose lehnte ihren Kopf zurück und betete um Führung. Dieses Gefühlschaos war schrecklich. An dem Tag, an dem Zane wieder in ihrem Leben aufgetaucht war, hatte sie mehr Frieden empfunden als je zuvor in ihrem Leben. Sie hatte am Rande von etwas Neuem und Lebensveränderndem gestanden. Sie hatte gewusst, was sie wollte und wohin. Und dann war Zane aufgetaucht und hatte diesen Frieden zerstört, indem er sie an den Traum erinnerte, den sie sich zu vergessen gezwungen hatte … den Traum, den Herzenswunsch, der zu sehr geschmerzt hatte, um ihn weiter zu träumen.

Es gab alle möglichen Ausreden, die sie in den letzten Wochen vorgeschoben hatte, warum sie es sich nicht eingestehen konnte, warum sie dieser Liebe nicht nachgeben durfte.

Sie ging auf das Haus zu und stellte in ihrem Kopf, in ihrem Herzen alles auf den Kopf … Was wollte sie?

Was wollte *sie*, die unabhängige Frau, die sie sein musste, wirklich?

Es war einfach nicht etwas, was sie schnell beantworten konnte, und wahrscheinlich kam all das Gefühlschaos daher.

KAPITEL NEUNZEHN

Zane mochte Clint Matlock. Der erfolgreiche Viehzüchter war mit Lacy verheiratet. Das Ehepaar war sehr engagiert in der Gemeinde und half, wo immer es gebraucht wurde. Sein neues Anwesen grenzte an das von Clint; er hatte es letzte Woche herausgefunden, als Clint beim Einweisen der Autos am Theater geholfen hatte.

Danach hatte er Zane zum Roping auf seiner Ranch eingeladen, doch Zane war an diesem Abend nicht gegangen. Heute Abend, als er ihn angerufen und eingeladen hatte, war Zane, ohne zu zögern, gekommen. Sein Haus war zu leer gewesen, nachdem Rose und Max gegangen waren.

Clint und einige der anderen Männer, die gekommen waren, besser kennenzulernen, war etwas, das er tun musste. Sein Leben war jetzt anders ... er musste lernen, dass es mehr als nur Arbeit gab.

Er hatte immer ein Leben geführt, in dem die Pflicht regiert hatte, in dem sein Fokus darauf gelegen hatte, dafür zu sorgen, dass andere Menschen überlebten, um ihr Leben leben zu können. Er selbst hatte nicht wirklich ein Leben gehabt. Am Ende des Tages war er immer nach Hause in ein leeres Haus gekommen. *Wenn* er nach Hause gegangen war. Die meiste Zeit hatte er unterwegs verbracht.

„Hey, du siehst aus, als wärst du hundert Meilen weit weg", sagte Clint und zügelte sein Pferd neben Zane.

Zane zuckte mit den Schultern. „Eigentlich war ich nur etwa zehn Meilen weit weg."

Clint faltete seine Hände über dem Sattelhorn und warf ihm einen wissenden Blick zu. „Lacy ist ziemlich aufgeregt wegen dir und Rose."

„Ich wünschte, Rose wäre es auch."

„Also gibt es ein Problem?"

„Ein großes." Zane stützte einen Stiefel auf die untere Zaunsprosse und einen Ellbogen auf die obere. Er nahm sich einen Moment Zeit, um den Nachthimmel zu betrachten, wo sich das blinkende rote Licht eines Flugzeugs scheinbar von einem Stern zum nächsten bewegte. „Ich bin überfordert, denke ich."

„Ich bin sicher, es war schwer zu erfahren, dass du

all die Jahre einen Sohn hattest."

Die meisten anderen Männer führten ihre Pferde zu ihren Anhängern und machten Feierabend, und für eine Minute war Zane versucht, auch zu gehen. „Ja, aber jetzt, wo ich es weiß, kann ich nur daran denken, die verlorene Zeit nachzuholen."

„Kann ich mir vorstellen. Doch Rose sieht das anders?"

„Nein. Aber sie vertraut mir nicht. Ich glaube, sie will es. Doch weißt du, ihr Leben war hart. Ich habe sie im wahrsten Sinne des Wortes im Stich gelassen." Er war niemand, der sich Menschen öffnete, doch er musste mit jemandem reden, und Clint schien so solide zu sein, wie es nur ging.

Clints Sattel knarzte, als er sein Gewicht verlagerte und ihn eingehend musterte. „Dann lass sie nicht wieder im Stich. So einfach ist das."

„Richtig", sagte er und bedauerte, dass er etwas gesagt hatte.

Clint lachte und schwang sich aus dem Sattel. „Mann, schau nicht so fertig. Ja, ich weiß, das klingt nach einem dieser tollen weisen Ratschläge. Ich kann die auch nicht leiden. Ich hoffe, du hast gemerkt, dass ich nicht gesagt habe, dass du darüber beten sollst."

Zane schnaubte amüsiert. „Ja, also das ist eine echte Erleichterung." Es war eine Selbstverständlichkeit, dass er viel gebetet hatte, also wäre es kein willkommener Kommentar gewesen, wenn jemand ihn aufgefordert hätte, zu beten.

Clint ließ seine Zügel fallen, und sein großer Brauner senkte den Kopf und begann zu grasen. „Ich sage nur, dass man neu anfangen kann. Du kannst nicht immer zurückblicken und dir wegen der Vergangenheit Vorwürfe machen. Du musst dem nachgehen, was du willst. Sag vielleicht einfach, was Sache ist, damit kein Missverständnis über das aufkommen kann, was du willst. Und dann lehn dich zurück und sei geduldig."

Zane dachte einen Moment darüber nach. Es war gut.

„Der Kauf dieses Anwesens hat sicher auch nicht geschadet."

„Wieso?", fragte Zane und bemerkte das Leuchten in Clints Augen.

„Oh, die Familie, der es gehört hat, wollte es an mich verkaufen, seit sie weggezogen sind. Doch ich habe das große Haus nicht gebraucht ... doch am wenigstens habe ich diesen Wald von Kaktusfeigen gebraucht, der sich über weiß Gott wie viele Hektar erstreckt." Er zog wissend eine Braue hoch.

Zane grinste. „Was soll ich sagen? Ich brauche alles, was ich kriegen kann, um bei ihr Punkte zu sammeln."

Clint klopfte ihm auf den Rücken. „Ich bin mir nicht sicher, ob ich jemals von einem Mann gehört habe, der Kaktusfeigen zum Punktesammeln verwendet, doch in deinem Fall könnte es glatt funktionieren."

Zane war sich da nicht so sicher. Doch als er nach Hause fuhr, dachte er über alles nach, was Clint gesagt hatte. Vor allem den Teil, die Karten auf den Tisch zu legen, damit es keine Missverständnisse gab, und dann geduldig zu sein. Das Haus war ein subtiler Hinweis an sie gewesen.

Sie hatte gesagt, sie mochte es. Sie mochte die riesigen Eichen, die überall wuchsen, und sie hatte gesagt, das Ranchhaus habe Charakter. Das hatte ihm gereicht, um das Haus zu kaufen.

Er würde jede Chance ergreifen, sie für sich zu gewinnen. Er wollte Rose und Max in seinem Leben haben. Doch sie hatte eine Mauer um ihr Herz gebaut ... und er war sich nicht sicher, ob es gegen jeden Cowboy war, der es vielleicht erobern wollte, oder ob es nur gegen ihn war. Doch eines wusste er – er würde alles in seiner Macht Stehende tun, um derjenige zu sein, der diese Mauer einriss.

Und dabei würde er auch einige seiner eigenen einreißen müssen. Nichts davon würde einfach werden. Er hielt vor seinem Haus an und stieg aus. Ja, es war eine subtile Erklärung dessen gewesen, was er wollte.

Doch vielleicht war die Zeit der Subtilität vorbei. Vielleicht war es an der Zeit, ihr seine Absichten klarzumachen.

Rose stand im Schaufenster von *Ashby's Treasures* und tauschte die Kleider aus. Der Laden war den ganzen Morgen voll gewesen – alle kamen, um herauszufinden, ob es ihr bei Zane gefallen hatte. In einer kleinen Stadt sprach sich alles viel zu schnell herum. Sogar App und Stanley waren gekommen, um herauszufinden, wie es gelaufen war – sie hatte einen Hamburger bei Zane gegessen und plötzlich hatten alle sie praktisch verheiratet!

Sie hatte die Hoffnung aufgegeben, die Aufregung aller dämpfen zu können, doch sie musste sich etwas einfallen lassen. Egal, was Max gestern Abend gesagt hatte, sie wusste, dass er insgeheim immer noch Hoffnungen hegte, dass sie und Zane zusammenkommen würden. Sie hatte es in seinen Augen gesehen und in seiner Stimme gehört. Sie kannte ihren Sohn gut.

Zane kämpfte schmutzig.

Sie zog eine weitere Nadel zwischen ihren Lippen hervor und rammte sie gerade in das Fensterbrett, als ein Farbblitz ihre Aufmerksamkeit erregte. Als sie

aufblickte, sah sie Zane die Straße herunterkommen –
mit einem Strauß bunter Blumen.

Sie sah gebannt zu, wie er über die Straße ging und
direkt auf sie zukam. „Nein! Nein! Nein!"

Ziemlich sicher, dass ihr Dampf aus den Ohren
kochte, ließ sie den Stoff und die Stecknadeln fallen und
eilte aus dem Fenster. Sie würde ihn umbringen!

Sie traf ihn auf dem Bürgersteig. „Was machst du?"

Er tippte an seinen Hut; seine schönen Augen
funkelten. „Schau mich nicht so beunruhigt an. Kann
ein Cowboy einer Frau keine Blumen bringen?"

„Nein! Er kann es ganz sicher nicht, und das weißt
du sehr gut." Das war nicht gut. Gar nicht. Er sah zu
umwerfend aus. Viel zu verlockend.

Er spielte geschockt, als er den Sommerstrauß dicht
an seine Brust drückte. „Wieso?", fragte er.

„Du kannst einfach nicht. Der Abend gestern hat
wieder falsche Hoffnungen in Max geweckt. Ich habe es
gesehen. Und jetzt das. Mit Blumen über die
Hauptstraße zu paradieren." Sie starrte auf die Blumen.
Sie waren schön. Bunt und schön. Fröhliche Blumen.
„Max wird sicher davon erfahren ..." Pete lud auf der
anderen Straßenseite Futter ein und blieb stehen, um sie
anzustarren. Und zweifellos sahen App und Stanley von
ihrem Fenster im Diner aufmerksam zu.

„Und?"

„Und! Das ist inakzeptabel. Nicht nur er, sondern alle werden denken, dass wir … dass etwas zwischen uns vor sich geht. Sie denken es sowieso schon …"

„Und warum ist das schlecht? Sag es mir, Rose."

Sie stockte. „Weil." Sie zögerte. „Weil es nichts gibt. Ich dachte, wir verstehen uns. Ich kann nicht."

Zane griff nach ihrem Arm und hob ihre Hand, dann legte er die Blumen hinein. „Nimm sie. Wirf sie in den Müll, nachdem ich gegangen bin, wenn du willst. Doch die Sache ist die, Rose." Er legte ihre Finger sanft um die Stiele und hielt ihren Blick mit seinem gefangen.

„Ich bin in meinem Kopf durchgegangen, was das Beste ist, was ein verliebter Mann tun kann. Und die Sache ist die. Vor fünfzehn Jahren hatten wir etwas. Etwas Echtes, etwas Wertvolles zwischen uns. Und ich habe es vermasselt. Heute kann ich nicht mehr so tun, als wäre es mir egal. Und ich kann meinen Sohn nicht anlügen und ihm sagen, dass ich nur mit seiner Mutter befreundet sein will. Ich will, dass du weißt, dass ich im Begriff bin, zu verfolgen, was ich will. Etwas, das ich all die Jahre wollte."

„Tu das nicht."

„Zu spät. Ich tue es." Er trat näher, senkte sein Kinn und sah sie mit entnervend ernsten Augen an. „Ich will dich, Rose Vincent. Ich will dich in meinem Leben haben. Ich will dich als meine Frau. Ich liebe dich, wie noch nie ein Mann eine Frau geliebt hat, und ich will, dass du uns eine Chance gibst."

Ihr Herz pochte. Sie wusste, dass er ihren Puls unter seinen Fingerspitzen fühlen konnte. Ganz langsam strich er seinen Daumen über ihr Handgelenk und schenkte ihr ein zärtliches Lächeln. Ihre Finger krallten sich automatisch um die Blumen, damit sie sie nicht fallen ließ. So verstört sie auch war, sie war fasziniert … und atemlos. Begeistert. Er liebte sie.

„Ich werde dich nicht drängen. Doch wir haben genug Zeit verschwendet, und ich möchte keine weitere Minute verschwenden. Ich lege die Karten auf den Tisch, nur damit du weißt, woran du bist."

Zanes zärtliche Worte, so sicher, so entschlossen, legten sich um ihr verletztes Herz, und eine gefährliche Hoffnung erwachte in ihr.

Sie konnte nicht sprechen, als er mit seinen Lippen über ihre strich, sich an den Hut tippte und ging.

Sie berührte mit den Fingerspitzen ihre Lippen und holte tief Luft – doch es beruhigte ihre Gefühle nicht. Als sie die Blumen anstarrte, konnte sie sich nur fragen, was sie jetzt tun sollte.

Kaum war Zane in Sams Wohnung verschwunden, kamen Lacy und Sheri aus dem Friseursalon durch ihre

Tür gestürmt. Sheri schwenkte einen Nagellackpinsel mit roter Spitze.

„Raus damit", sagte Lacy.

„Sofort", verlangte Sheri.

„Er hat mir Blumen gebracht."

„Und", sagte Lacy und zog das Wort mit einem Grinsen in die Länge.

„Und was?", fragte sie. „Ich will keine Blumen von ihm."

Sheri lachte. „Klar."

„Will ich wirklich nicht. Weißt du, was das mit Max machen wird, wenn er es herausfindet … Ich kann nicht glauben, dass Zane gerade die Hauptstraße entlang marschiert ist, als wäre er Gottes Geschenk an die Frauenwelt!"

Lacy und Sheri sahen einander an, als wüssten sie ein Geheimnis, das ihr verborgen war. „Hört auf, so zu schauen", verlangte Rose. „Und wenn Norma Sue und die anderen es herausfinden, werde ich nie wieder Ruhe haben."

„Ja, du hast Recht", sagte Lacy mit vorgetäuschter Sorge. Rose konnte sehen, dass sie beide begeistert waren. „Und was steht in der Karte?"

Die Karte. Es war ihr nicht in den Sinn gekommen, sie zu lesen. Jetzt starrte sie sie an.

„Du siehst aus, als hättest du Angst davor", sagte

Lacy. Sorge ersetzte ihre Neckerei.

„Habe ich auch ein bisschen."

„Liebe ist eine beängstigende Sache", sagte Sheri. „Aber wunderbar. Mach sie auf." Sie zeigte mit dem Pinsel auf die Karte.

„Ich–"

Sheri hob eine Hand. „Spar dir das für jemand anderen."

„Komm schon", sagte Lacy und stupste sie an. „Das ist spannend. Wenn du sie nicht aufmachst, werde ich es tun."

Rose reichte Lacy die Blumen, bevor sie die kleine weiße Karte aus dem Umschlag zog.

Ich werde warten ... Zane. Sie erkannte seine Handschrift sofort. Er hatte die Karte geschrieben, nachdem er die Blumen geholt hatte, anstatt sie im Geschäft vom Floristen schreiben zu lassen.

„Oh, das ist süß", sagte Lacy.

Sheri beugte sich vor, um seine Worte noch einmal zu lesen. „Klar, der Ball ist offiziell auf deiner Seite des Spielfelds."

„Das ist gut–"

„Nein, Lacy, ist es nicht", flüsterte Rose und holte zitternd Luft. „Ich möchte, dass er ein Leben mit Max hat ... aber ich denke, es ist zu spät, um das, was wir hatten, wiederzubeleben."

„Wieso?" Lacy gab ihr die Blumen zurück. Die bunten Astern starrten sie an.

„Weil ich den Gefühlen, die ich ihm oder sonst jemandem gegenüber habe, nicht wirklich vertraue. Mein Leben hat gerade erst angefangen, wieder einen Sinn zu ergeben, bevor er aufgetaucht ist. Endlich hatte ich das Gefühl, mich im Griff zu haben. Und ich bin nicht bereit, es zu vermasseln, weil ich eine dumme Entscheidung treffe. Ergibt das einen Sinn?" Sie war sich nicht mehr sicher.

„Oh Rose", sagte Lacy und umarmte sie. „Schau nicht so traurig. Wenn man weiß, was du durchgemacht hast, ergibt das absolut einen Sinn."

„Aber wer weiß, was sein wird", sagte Sheri. Sie lächelte. „Es kann nicht schaden, Zane beweisen zu lassen, dass er keine dumme Entscheidung ist. Er ist bereit zu warten."

„Das ist richtig", stimmte Lacy zu. „Vielleicht ändert er deine Meinung, wenn er hart genug daran arbeitet." Sie hob eine Augenbraue.

Rose wollte nicht, dass er versuchte, ihre Meinung zu ändern. Sie hatte Angst, dass er es versuchte; trotz all ihres Geredes fühlte sie sich nicht sehr stark, was ihn anging. Den ganzen Abend beim Abendessen hatte sie sich sie als Familie vorgestellt. Dass es wunderbar war

… Es war nicht so, dass sie die Gefühle, die er in ihr weckte, nicht mochte, sie traute ihnen einfach nicht. Ihr war zu viel passiert, um darauf zu vertrauen, dass sie nicht noch einmal verletzt werden würde. Sie wollte nicht die Kontrolle über ihren Gemütszustand abgeben – über ihr Herz.

Doch wollte sie es wirklich?

Sie musste stark bleiben. Leichter gesagt als getan. Jedes Mal, wenn sie ihn sah, verhedderten sich ihre Emotionen und Gefühle irrational. Und genau das war es – wie konnte sie solchen Gefühlen trauen?

Sheri zog die Tür auf. „Ich gehe besser zurück und lackiere Mrs. Carvers Zehen fertig. Halt uns auf dem Laufenden."

„Ich gehe auch besser", sagte Lacy und umarmte dann Rose. „Nur damit du es weißt. Ich bete, dass Gott alles in deinem Leben richtet und deinen Geist beruhigt. Wenn alles richtig ist, gibt er dir einen Frieden, der dich nicht enttäuschen wird."

Rose seufzte. „Deshalb bin ich ja gerade so verwirrt. Ich hatte diesen Frieden fast gefunden, und dann tanzt Zane zurück in mein Leben."

„Ich kann dir nur sagen, dass es für alles einen Grund gibt. Wir sehen es nur nicht immer. Ich weiß, dass es dir wahrscheinlich zum Halse raushängt, das zu hören, aber es ist wahr."

Sie sah Lacy hinterher, als sie den Bürgersteig entlang joggte, dann schloss sie die Tür und suchte hinten eine Vase für Zanes Blumen. Sie würde lügen, wenn sie nicht zugeben würde, dass ein Teil von ihr von dem schönen Strauß berührt wurde und sie die Blumen nicht vor ihrer Zeit sterben lassen würde.

KAPITEL ZWANZIG

Am nächsten Morgen begann der normale Wochenablauf. Sie ging zur Arbeit, fuhr Max jedoch vorher zu Zane, damit er Kaktusfeigen ernten konnte. Zu ihrer Erleichterung sah Zane im Laufe des Tages immer wieder nach ihm und brachte ihn normalerweise nach Hause, damit sie nicht ständig zu ihm fahren musste. Was bedeutete, dass sie sich nicht so viele Sorgen über den Druck machen musste, den sie dort spürte. Den Druck, ein Leben dort auf diesem schönen Land in diesem schönen Haus zu haben ... es mit Zane zu einem Zuhause für sich und Max zu machen.

Doch sie musste Zane zugestehen, er tat alles, um ihr den Stress zu nehmen. Und sie schätzte es.

Dachte sie. Er sagte auch auffallend nichts mehr über die Blumen oder seine Gefühle. Und Max auch nicht, auch wenn sie sich ziemlich sicher war, dass er jedes kleine Detail über das, was sein Vater getan hatte, gehört hatte.

Es war eine Verschwörung. Und sie versuchte, sie zu ignorieren und die Situation so normal wie möglich zu behandeln.

„Also wirst du am Montag von deinem Kredit hören?", fragte Ashby am Freitag.

„Ja, und ich habe Angst."

Ashby blickte vom Computerbildschirm auf. „Dafür gibt es keinen Grund. Ja, du hast Lücken in deiner Kredithistorie, aber ich glaube nicht, dass das bei diesem Kredit eine Rolle spielt. Das ist zu lange her. Du verfügst über hervorragende Referenzen, einen soliden Businessplan und eine hervorragende Bonität. Ich glaube ehrlich gesagt nicht, dass der Kredit abgelehnt wird. Doch wenn sie es aus irgendeinem Grund tun, sage ich dir, dass ich nur einen Anruf tätigen muss, und mein Banker wird ihn dir geben. Das verspreche ich."

„Danke, aber du weißt, wie sehr ich das allein schaffen will."

„Ja, und das finde ich auch gut. Doch Rose, das ist ein Geschäft und es ist gängige Praxis. Manch großer Name hat es auch nur geschafft, weil er sich Geld von Freunden, der Familie oder von Banken geliehen hat, und oft mit Hilfe von Empfehlungen. Falls dein Kredit abgelehnt wird – und ich spreche hier wirklich als deine Freundin und als Business-Mentorin – falls er abgelehnt werden sollte und du dich von deinem Stolz davon abhalten lässt, das zu nehmen, was dir dein Netzwerk anbietet, dann machst du einen schweren Fehler. Verbindungen sind Gold wert im Geschäft. Wie denkst du, habe ich mein Geschäft zum Laufen gebracht? Ja, ich hatte wohlhabende Eltern, brauchte aber trotzdem Startkapital. Ich habe mir aber nicht in den Fuß geschossen, indem ich das, womit meine Freunde mir helfen konnten, abgelehnt habe. Stolz kann manchmal dein schlimmster Feind sein."

Rose respektierte Ashby so sehr. Sie hatte eine exklusive High-End-Boutique in San Francisco aufgebaut, doch sie hatte eine noch stärkere Online-Präsenz geschaffen, die es ihr ermöglicht hatte, ihren Laden in San Francisco zu schließen und in diesen winzigen Ort umzuziehen. Die kleinere Boutique hier diente mehr ihrer Unterhaltung als dem Gewinn. Doch, wie sie sagte, alles hatte damit angefangen, dass sie ihren Geschäftssinn eingesetzt hatte und nicht ihr Herz.

Ashby und Dottie hatten Rose beide beigebracht, wie man ein Geschäft führt, und sie hatte wirklich das Gefühl, dass sie es schaffen konnte, doch zuerst musste sie ihren Stolz überwinden und das Darlehen für die Expansion bekommen.

„Danke", sagte sie. „Ich verspreche, wenn ich den Kredit nicht aus eigener Kraft bekomme, werde ich jede Verbindung nutzen, um meinen Traum zu verwirklichen."

„Gut. Ich werde dich daran erinnern. Nun, auf der persönlichen Seite, wie geht's dir?"

Sie versuchte, nicht die Stirn zu runzeln. „Ziemlich gut. Ich ringe ein bisschen mit mir selbst."

„Wieso?"

Sie hielt inne und ließ ein Kleid auf einen Kleiderbügel gleiten. „Mache ich es mir zu schwer? Weißt du, wie ich mit diesem Darlehen bin. Ein Teil von mir will an meiner Unabhängigkeit festhalten. Ein anderer Teil von mir denkt, ich habe nur Angst und benutze das als etwas, hinter dem ich mich verstecken kann. Und wieder ein anderer Teil von mir sagt, dass ich einfach meinem Herzen vertrauen und das Einfache tun soll."

Ashby lachte. „Das Einfache. Was an all dem ist einfach?"

„Aufgeben und Zane heiraten. Eine Familie sein. Max glücklich machen. Das wäre das Einfachste."

Ashby kam um die Theke herum und umarmte sie. „Ich verstehe es", sagte sie, als sie sich voneinander lösten.

„Wirklich? Denn glaub mir, ich bin mir nicht ganz

sicher, ob ich es tue."

„Du willst nicht das Falsche tun. Du willst nicht den Weg des geringsten Widerstandes nehmen. Du willst das Richtige tun. So einfach ist es. Und bis du weißt, was das Richtige ist, entscheidest du nichts … denn das ist das Richtige, bis du etwas anderes weißt."

Rose sah Ashby erstaunt an. „Bei dir hört sich das so einfach an."

„Es hört sich vielleicht so an, aber ich weiß, dass Herzensangelegenheiten überhaupt nicht einfach sind. Oh, Rose." Sie legte ihre Hand auf ihren flachen Bauch. „Ich bekomme ein Baby. Ich habe so lange von einem Baby geträumt. Doch auch für mich war es nicht leicht, in meinem Leben an diesen Punkt zu kommen. Du warst für mich da, als ich mit mir gerungen habe, mich in Dan zu verlieben. Du weißt, es hat eine Weile gedauert, bis ich wusste, was ich wollte und wen ich wollte. Doch ich habe es schließlich geschafft. Und das wirst du auch."

„Ich hoffe, du hast Recht."

„Du wirst es wissen. Und wo wir gerade davon sprechen – sieht so aus, als hättest du Gesellschaft."

Rose drehte sich um und sah Zane und Max aus Zanes Truck steigen. Sie lächelten, als sie eintraten.

„Hey Mama", sagte Max. „Wir essen bei Sam zu Mittag. Willst du mitkommen?"

Zane stand hinter ihm an der Tür, hatte seinen Hut

abgenommen und hielt ihn sich übers Herz, wie er es gerne tat. Ihr Blick verweilte auf der Kraft seines Unterarms und der Hand, die auf dem Hut ruhte. Sie schluckte schwer und sah Ashby an, die ihr ein wissendes Lächeln zuwarf.

„Ich werde die Stellung halten. Geh du nur mit deinem Sohn zum Mittagessen." Ashby legte keine Betonung auf das Wort Sohn, doch Rose verstand, was sie sagte. *Iss mit ihnen zu Mittag. Für Max. Entspann dich.*

„Okay", sagte Rose.

Zane zog sofort die Tür auf und hielt sie für sie und Max auf. Ashby formte lautlos mit den Lippen die Worte „Entspann dich", als sie noch einmal in ihre Richtung blickte, und Rose holte tief Luft, bevor sie ging. Etwas Seltsames geschah, als sie zum Sam's Diner gingen und sie hörte, wie Max über seinen Morgen sprach ... sie musste sich nicht zwingen, sich zu entspannen. Sie war entspannt. Und das blieb sie während der gesamten Mahlzeit.

Zane und sie saßen auf gegenüberliegenden Seiten der Nische, was wahrscheinlich dazu beitrug. Wenn man ihn so ... ruhig dasitzen sah, würde man nie vermuten, dass das der Mann war, der ihr Blumen geschenkt und ihr gesagt hatte, dass er sie liebte.

Er wartete ab. Genau wie Max. Sie sollte sich

darüber ärgern, und sie hatte es getan … doch ihr Ärger war in den Hintergrund gerückt und dieser ehrlichen Verwirrung gewichen.

Sie liebte es, ihn und Max zusammen zu sehen. Sie waren so vertraut geworden, stellte sie fest, als sie sie beobachtete. Als Zane wieder in ihr Leben getreten war, hatte sie Eifersucht verspürt, als Max Zeit mit seinem Vater verbringen wollte. Die war nun weg, ersetzt durch echte Wertschätzung und Freude über die Beziehung, die sie entwickelt hatten.

Sie war gerade dabei, ihre letzten Pommes aufzuessen, als ihr das dämmerte, und sie hielt inne, starrte auf die Fritte, die sie gerade in Ketchup getunkt hatte, und dankte Gott. Als sie aufsah, beobachtete Zane sie. Sie lächelte, und er erwiderte es.

„Wäre es okay für dich, wenn Max heute bei mir übernachtet?"

„Oh." Die Frage überraschte sie aus irgendeinem seltsamen Grund. „Sicher."

„Danke Mom." Max schob sich eine Fritte in den Mund. „Wir wollen campen. Gil kommt auch. Ich habe ihn schon angerufen, aber ihm gesagt, dass es davon abhängt, ob du uns das Okay gibst."

„Hört sich nach Spaß an."

Max ging campen mit seinem Vater. Ihr Herz schwoll vor Freude so an, dass es sich anfühlte, als wollte es explodieren.

„Du kannst gerne mitkommen", sagte Zane. Neben ihm nickte Max begeistert.

„Oh nein", sagte sie. „Das klingt nach so einer männlichem Bondingsache. Eine Frau würde da nur im Weg sein."

„Du bist nie im Weg, Rose", sagte Zane, seine Stimme rau, und seine goldenen Augen verdunkelten sich auf eine Weise, dass es einen Schauer durch sie hindurch jagte.

Sie lachte sofort nervös.

„Komm mit, Mom. Es wird lustig."

„Du hast keine Angst, oder?", fragte Zane.

Sie wusste, dass hinter der Frage mehr steckte als die Frage nach der Übernachtung im Freien.

Du hast keine Angst, oder?

Sie hob ihr Kinn und begegnete seinem herausfordernden Blick direkt. „Ich habe keine Angst."

Seine Lippen verzogen sich langsam zu einem Lächeln. „Dann kommst du mit?"

„Ja, ich komme mit", sagte sie und empfand Vorfreude bei der Idee, mit ihrem Sohn und seinem Vater campen zu gehen. Sagte sie ja zu mehr?

„Genial, Mom", freute Max sich und stieß eine Faust in die Luft, was sie und Zane zum Lachen brachte. Ihre Blicke trafen sich, als sein Notfall-Piepser zum Leben erwachte.

KAPITEL EINUNDZWANZIG

Zane warf einen Blick auf die Nummer auf dem Piepser. „Entschuldigung", sagte er und ging durch das Diner zum Tresen.

Rose sah zu, wie er Sam bat, sein Telefon benutzen zu dürfen. Mule Hollow befand sich in einem Funkloch, in dem es kaum Netzabdeckung gab, sodass Festnetzanschlüsse immer noch unerlässlich waren. Das Leben in einem kleinen Ort hatte gewisse Nachteile,. und die meiste Zeit war der Mangel an Netzabdeckung kein großes Problem. Doch im Notfall zählte jeder Moment. Als Zane um den Tresen herumging und das Telefon nahm, überkam Rose ein ungutes Gefühl. In Mule Hollow passierte nie etwas, obwohl sie dieses Wissen gerade nicht beruhigte.

„Was denkst du könnte es sein?", fragte Max, als er Zane beim Telefonieren zusah.

„Ich weiß nicht. Ich bin sicher, es ist nichts Schlimmes." Brady war wieder in der Stadt, und Dottie hatte ihn wie angedroht sofort wieder zur Arbeit geschickt. Zane und Brady teilten sich wieder die Pflichten. Sie hatte am Tag zuvor mit Brady gesprochen, als er im Laden vorbeigekommen war, um Dottie ein Geschenk zu kaufen. Er war so glücklich wie nie zuvor.

Sie fragte sich, ob er am anderen Ende der Leitung war oder ob es die Notrufnummer war, die sie mit den umliegenden Countys teilten.

Innerhalb von Sekunden war Zane zurück, und Rose wusste, bevor er ein Wort sprach, dass etwas Schlimmes passiert war. In seinen Augen lag eine scharfe Wachsamkeit – Augen, die alles gesehen hatten und entschlossen waren, es in Ordnung zu bringen. Jeder zielgerichtete Schritt, den er machte, war mit Absicht erfüllt. Als er näherkam, erkannte sie das alles von … früher.

Roses Herz pochte in ihrer Brust – das war der Mann, der den Raum betreten hatte, in dem eine verängstigte junge Frau gesessen hatte, die vollkommen verunsichert gewesen war, was ihr nächster Schritt sein sollte. Rose erinnerte sich, wie verängstigt sie gewesen war, nachdem sie den Mord gesehen hatte. Sie war zur Polizei gegangen, weil sie nicht gewusst hatte, was sie

sonst tun sollte. Die Angst hatte sie dorthin geführt …
nicht Heldenmut. Doch das war der Texas Ranger, der
ihr in die Augen geblickt und sie in diesem einzigen
intensiven Austausch dazu inspiriert hatte, mutig zu
sein.

Bis zu diesem Moment hatte Rose nicht ganz
verstanden, dass sie Gerechtigkeit hatte sehen wollen,
weil der Blick von Texas Ranger Zane Cantrell sie auch
heute noch dazu brachte, die beste Version ihrer selbst
sein zu wollen, die sie sein konnte. Doch es war die
absolute, unbestreitbare Wahrheit. Und als er an ihrem
Tisch stehen blieb und seinen Blick auf sie richtete,
verstand sie es.

„Ich muss gehen", sagte er. „Das war Brady. Ein
Fahrzeug, das der Beschreibung eines mutmaßlichen
Fluchtfahrzeugs bei einem Banküberfall und der
Geiselnahme eines Dreijährigen in Kerrville entspricht,
wurde vor wenigen Minuten beim Abfahren von der
Interstate gesichtet. Wir errichten eine Straßensperre
und einen Kontrollpunkt an der Kreuzung."

Roses Hand schoss an ihre Kehle und sie nickte.
„Wir werden beten", sagte sie und hielt seinen Blick für
einen Moment fest, bevor er Max' Schulter berührte und
dann zur Tür ging.

„Kann ich helfen, Dad?" rief Max, als sie
aufstanden.

Zane drehte sich. „Tut mir leid, Sohn, aber nein." Er sah sich im Raum um. Überall im Diner waren Cowboys aufgestanden und App und Stanley auch. Selbst in ihrem Alter sahen sie wie die Kriegsveteranen aus, die sie waren, bereit, es mit der Welt aufzunehmen.

„Können wir helfen?", fragte App, und die anderen stimmten ein.

„Bitte", sagte Zane und hob eine Hand. „Bleibt alle hier. Sie haben einen Bankangestellten verletzt und sind bewaffnet und gefährlich. Um dieses kleinen Mädchens willen bitte ich euch, euch von der Kreuzung fernzuhalten."

„Verstanden", sagte Sam und trat vor den Tresen. „Gott sei mit dir, Zane."

Zane nickte, und dann war er weg.

Alle waren still, als sie ihm nach draußen folgten und zusahen, wie er in seinen Truck stieg, und einen Moment später war er verschwunden.

Max legte einen Arm um Roses Taille und drückte sie an seine Hüfte. „Mach dir keine Sorgen, Mama. Das kann ich dir sagen. Wenn das kleine Mädchen in diesem Auto sitzt, wird mein Vater sie zurückholen."

Rose legte ihren Arm um seine Schultern und umarmte ihn fester. „Ja, das wird er", sagte sie mit absoluter Gewissheit, dass er es tun … oder bei dem Versuch sterben würde.

Als sie ihm hinterherblickte, verspürte Rose mehr Klarheit denn je, was sie wollte. Doch war es zu spät?

Adrenalin rauschte durch Zanes Adern, als er auf die vereinbarte Stelle zuraste. Er wusste, dass die texanische Highway Patrol aus allen Richtungen zusammenkam, und Luftunterstützung war auf dem Weg. Brady war auch unterwegs, war aber zu Hause gewesen, was bedeutete, dass er nach Zane ankommen würde. Zane nahm an, dass er der Erste war, der auf die Verdächtigen treffen würde.

Die Sicherheit eines kleinen Mädchens stand auf dem Spiel. Zane betete um Gottes schützende Hand über ihr und konzentrierte sich auf seinen Job. Auf die Fähigkeiten, die ihn zu dem Ranger gemacht hatten, der er war … auch wenn er nach dem Attentat auf Rose an Selbstvertrauen verloren hatte. Und obwohl er nach seinem Beinahezusammenstoß mit dem Tod gläubig geworden war, hatte er dieses Gefühl nie ganz zurückbekommen. Verlorene Selbstachtung konnte einem Mann übel mitspielen.

Doch als er die Straße entlangfuhr, wusste er, dass Gott ihn vorbereitet und aus einem bestimmten Grund hierhergeschickt hatte, in diesem Moment hier draußen, mitten im Nirgendwo, und dieser Grund raste auf ihn zu

… und Zane hatte nicht vor, es zu vermasseln. Oder das kleine Mädchen im Stich zu lassen. Seinem Instinkt und noch etwas mehr folgend, fuhr Zane weiter, als er die Kreuzung erreichte, an der er die Straßensperre errichten sollte. Die Kreuzung war neun Meilen von Mule Hollow und fünfzig Meilen von der Interstate entfernt. Brady würde die Straßensperre errichten, doch Zane saß in einem zivilen Fahrzeug, und etwas sagte ihm, dass er das zu seinem Vorteil nutzen konnte.

Er nahm seine Dienstmarke ab und steckte sie in seine Hemdtasche, während er auf eine unverdächtige Geschwindigkeit abbremste.

Das Funkgerät erwachte zum Leben. „Zane, wo bist du?"

Brady. Zane nahm es in die Hand. „Zwanzig Meilen zwischen der Kreuzung und der Interstate." Es folgte eine Pause, und er wusste, dass Brady gegen den Drang ankämpfte, ihn zu tadeln. Doch Zane wusste, dass seine Entscheidung richtig gewesen war.

„Siehst du irgendwas?", fragte er schließlich.

„Nein. Doch, warte. Ich sehe sie. Sie stehen am Straßenrand. Sieht aus, als hätten sie einen Platten. Ich fahre hin."

„Zane –"

Er schaltete das Funkgerät aus. Er konnte es nicht gebrauchen, dass es losknisterte und seinen Vorteil zunichtemachte.

Er hatte das Überraschungsmoment auf seiner Seite. Er konnte nicht glauben, dass sie mit einem Platten am Straßenrand standen. *Einem Platten.*

Aber er würde sich nicht beschweren. Und er zögerte nicht. Er wusste sofort, wie er vorgehen würde. Er hielt an und ließ absichtlich einen Abstand zwischen sich und dem Auto. „Ihr Jungs braucht Hilfe?", rief er, steckte den Kopf aus dem Fenster und lächelte wie ein freundlicher Cowboy, der nicht wusste, wer sie waren oder was sie getan hatten.

Die beiden Männer nahmen es ihm ab, hielten ihn für einen Cowboy, der einfach freundlich war. Zane wusste, dass sie verzweifelt waren, und hatte damit gerechnet, dass sie so tun würden, als würden sie seine Hilfe annehmen. Er hatte das Aufblitzen von Stahl nicht übersehen, als er angehalten hatte, oder dass beide ihre rechte Hand hinter sich verbargen, als sie sich näherten. Sie würden seinen Truck stehlen und ihn töten, wenn es sein musste. Er konnte in ihren Augen lesen, dass sie die Grenze überschritten hatten, an der sie sich noch um menschliches Leben geschert hätten. Er wartete ab und zwang sie, weiter auf ihn zuzukommen, weg von dem Auto, aus dem er einen kleinen blonden Schopf spähen sah.

Er hatte Gott auf seiner Seite, als sie sich seinem

Truck näherten und sich von ihrem Auto und dem Kind entfernten.

„Danke, dass du angehalten hast, Mann", sagte einer lächelnd. Sie hielten ihre Waffen hinter sich versteckt und würden sie wahrscheinlich sofort ziehen, sobald sie neben ihm waren.

Zane ließ sie herankommen. Das Letzte, was sie erwarteten, war die Waffe, die auf sie gerichtet war, sobald sie stehenblieben. Zane war im Laufe der Jahre viele Male in Situationen gewesen, in denen es um Leben und Tod gegangen war, und hatte noch nie erlebt, dass etwas mit so viel Potenzial, schlimm zu enden, so leicht gelöst werden konnte.

„Ich nehme diese Waffen", sagte er mit stählerner Stimme und Augen. Er würde nicht zögern, zu tun, was nötig war, um dafür zu sorgen, dass das kleine Mädchen nach Hause zu seinen Eltern kam. „Langsam auf den Boden."

Innerhalb von Sekunden, nachdem er aus seinem Truck gestiegen war und ihre Handflächen auf der Motorhaube seines Trucks ruhten, näherten sich Sirenen und Blaulicht.

Zane wusste ohne jeden Zweifel, dass Gott die Situation unter Kontrolle hatte. Wäre er in seinem Dienstwagen unterwegs gewesen oder wären die Sirenen auch nur eine Sekunde früher in Hörweite gekommen, wäre das Überraschungsmoment verloren gewesen.

Gottes Timing war perfekt.

Zane schickte ein herzliches Dankesgebet und später, als der Helikopter mit dem kleinen Mädchen an Bord in Richtung ihrer Eltern abhob, empfand sein Herz tiefen Frieden. Er war froh, als die Nachrichtenhubschrauber zusammen mit dem Polizeihubschrauber abflogen.

„Bereit, zurückzufahren?", fragte Brady mit einem Grinsen auf seinem Gesicht. „Ich auf jeden Fall. Ich habe eine Frau zum Umarmen und ein Baby zum Wiegen. Das hast du gut gemacht, Zane."

„Ich habe meinen Job gemacht."

„Ja, ich weiß." Er klopfte ihm auf die Schulter.

Zane wusste, dass er es verstand. Brady war bei der Houstoner Polizei gewesen, bevor er in seine Heimatstadt zurückgekehrt war, um Sheriff zu werden. Zane wusste, dass er genug Fälle erlebt hatte, die nicht glücklich geendet hatten, und verstand, dass diese Jagd sehr schief hätte gehen können. Zane wollte auch nach Hause gehen und seine Familie umarmen. Und, so Gott wollte, würde er es tun.

Das Erste, was ihm auffiel, als er Brady die Hauptstraße entlang folgte, waren die Autos und Trucks, die jeden Parkplatz belegten, und hinter ihnen drängten sich die Einwohner auf den Gehwegen.

„Was in aller Welt?", sagte er laut.

Brady blieb mitten auf der Straße stehen, und Zane tat dasselbe. Sofort erhob sich allgemeiner Jubel, und alle stürzten vom Bürgersteig und versammelten sich um sie. Erstaunt und unsicher kletterte er aus dem Truck und betrachtete die Leute, die er in den letzten Wochen als Freunde kennengelernt hatte. An der Spitze der Gruppe standen Rose und Max.

Das war seine Stadt. Seine Leute. Seine Familie. Wie seltsam Gott doch wirkte, erkannte er. Als er in die Stadt gekommen war, war er ein Einzelgänger gewesen, emotional von allen um ihn herum abgeschottet. Ein Mann, der sein Leben nur für seinen Beruf gelebt hatte. Und nun hatte Gott ihm ein so wunderbares Geschenk gemacht, indem er ihn hierher gebracht und ihm all das gegeben hatte.

Die Erkenntnis, dass Gottes Timing nicht nur bei der Rettung des kleinen Mädchens so perfekt gewesen war, traf ihn tief. Eine Sekunde später hätte es eine Schießerei geben und sie ins Kreuzfeuer geraten können. Doch dank Gottes sorgfältigem, präzisem Timing hatte er Zane genau dorthin gebracht, wo er sein sollte. Es dürfte Leute geben, die sagen würden, dass alles Zufall war, doch Zane wusste es besser. Genau, wie er plötzlich wusste, dass es mit seinem Leben so war.

So klar er wusste, dass er in diese Stadt gehörte und zu der Frau, deren Blick ihn magisch anzog. Er wusste, dass Gott ihn in seinem perfekten Timing an diesen Punkt gebracht hatte. Er verstand nicht alles, doch er wusste, dass es kein Zufall war.

Rose Vincent war die einzige Frau, die er jemals lieben würde. Und obwohl der Gedanke an all die vergeudeten Jahre zwischen ihnen schmerzte und all die Jahre, die er mit Max verpasst hatte, vertraute Zane darauf, dass Gott alles zusammenbrachte.

„Du bist ein Held", sagte Max, brach aus der Gruppe heraus und umarmte ihn. „Es ist überall im Fernsehen."

Zane umarmte seinen Sohn und begegnete Roses Blick über seinen Kopf hinweg. Sie hatte Tränen in den Augen, als sie zu ihm trat und ihre Hand an seine Wange legte.

„Wir haben nur unseren Job gemacht", sagte er schroff. Sein Herz klopfte bei ihrer Berührung und dem kostbaren Geschenk, Max in seinen Armen zu halten. So etwas hatte er noch nie gehabt.

Rose lächelte und strich mit ihrem Daumen über seine Wange. „Natürlich hast du das", sagte sie.

Und das Licht, das in ihren Augen strahlte, raubte ihm den Atem. Eine ganze Stadt stand um sie herum, und während er dankbar war, dass die Situation so gut ausgegangen war, war alles, woran er im Moment wirklich denken konnte, der Blick in Roses Augen und die süße Berührung ihrer Hand an seiner Wange.

„Kann ich kurz mit dir reden?"

Sie nickte.

„Was hast du zu sagen?", rief Applegate und warf Zane einen durchdringenden Blick zu, der fragte, ob er schlau sein und alles in seiner Macht Stehende tun würde, um Roses Herz zu gewinnen.

Zane erwiderte Apps Blick mit einem herzlichen Lächeln. Weiser alter Mann. „Ich bin sicher, ihr werdet es gleich wissen. Doch im Moment wäre ich gerne mit Rose allein."

„Klingt nach einem Plan", sagte Max und grinste ihn an.

Zane nahm Roses Hand, und sie folgte ihm. Alles, woran er denken konnte, war, dass sie seine Wange so sanft berührt hatte und er in ihren Augen etwas gesehen hatte, wovon er zu hoffen wagte, dass es seine Zukunft war.

„Benutzt den Laden", sagte Ashby.

„Und nehmt euch alle Zeit, die ihr braucht", ermutigte Norma Sue.

„Stimmt!", rief Esther Mae. „Wir werden hier draußen sein und darauf warten, noch mehr zu feiern, wenn ihr beide zur Besinnung gekommen seid."

Max legte eine Hand auf Zanes Arm und eine auf Roses und schob sie dann sanft in Richtung *Ashby's Treasures*. „Geht", sagte er. „Ich möchte, dass dieser Tag nur auf eine Weise endet."

Rose kicherte, zog Zane in den Laden und schloss die Tür hinter ihnen. Max kehrte ihnen den Rücken zu und verschränkte die Arme, als wollte er verhindern, dass irgendjemand sie störte. Zane wusste, dass es umgekehrt war. Max würde verhindern, dass sie den Laden verließen, bis er sein Happy End bekam.

„Ich –", begann Rose, gerade als Zane dasselbe tat. Am Ende hielten beide inne und starrten einander nur an. Rose hatte so viel, was sie sagen wollte. So viel, das sie wiedergutmachen wollte.

„Oh, Zane", begann sie wieder, und er ließ sie sprechen. „Ich habe so lange gebraucht, um zu verstehen. Doch in dem Moment, in dem du vorhin das Telefon bei Sam aufgelegt und diesen Blick in deinen Augen hattest, hat sich alles gefügt." Sie trat auf ihn zu und nahm sein Gesicht in ihre Hände. „Mir ist klargeworden, dass, ganz egal wie unser Leben gelaufen ist oder welcher Weg uns von dem ersten Moment an, als ich dich gesehen habe, bis zu diesem Moment geführt hat, dass ich dich liebe, weil du mich dazu inspiriert hast, stark zu sein. Tapfer sein. Um trotz aller Widrigkeiten zu tun, was ich tun muss. Und plötzlich habe ich verstanden, warum du mich verlassen hast."

Er zog sie an sich und vergrub sein Gesicht an ihrem Hals, und sie spürte, wie er zitterte, als er sie so fest hielt, dass ihre Herzen gegeneinander hämmerten. „Ich hatte solche Angst, dich zu verlieren", flüsterte er an ihrem Ohr. „Ich hätte alles getan, um dich zu beschützen."

„Sogar mich aufzugeben", flüsterte sie, und er nickte in ihr Haar.

„Ich weiß jetzt, dass es falsch war. Dass ich dem Fall zu nahegestanden habe, um klar zu denken", sagte er. „Aber mir ist heute Nachmittag auch etwas klar geworden." Er lehnte sich zurück und sah ihr in die Augen. „Mir ist klargeworden, dass Gott in seinem perfekten Timing den Kreis geschlossen hat und uns genau dorthin gebracht hat, wo wir sein sollten."

Sie nickte, und Tränen glitzerten in ihren schönen Augen. „Ich weiß, mir geht es genauso. Ich liebe diese kleine Stadt. Und Max auch. Wenn ich über den Weg nachdenke, der uns hierher gebracht hat, ist das für mich erstaunlich … und doch ist es unser Zuhause. Und dass du jetzt hier bist, hat es perfekt gemacht. Ich bin stur und mache mir ein bisschen Sorgen, dass es nicht ganz einfach sein wird, die Mauern, die ich um mein Herz gebaut habe, abzubauen –"

„Ich mag dich stur, wie du bist", sagte Zane leise, strich ihr die Haare aus der Stirn und küsste ihre Schläfe. „Und du wirst mich die Mauern einreißen lassen, wenn die Zeit reif ist. Ich bin hier, und gehe nicht wieder weg, Rose. Du musst dir nie Sorgen machen, dass ich je wieder weggehe. Ich liebe dich über alles. Und Max, was für ein Geschenk …"

Rose fühlte sich so sicher, so zufrieden.

Zane trat zurück und lächelte, als er auf ein Knie ging. Roses Herz setzte einen Schlag lang aus, als sie ihn beobachtete. Und von draußen hörte sie Jubel und wusste, dass auch Max zusah.

„Rose, willst du mich heiraten? Wirst du mich zum glücklichsten Mann der Welt machen und den Rest deines Lebens mit mir verbringen?"

Ihr Herz begann wieder zu schlagen, als würde sie es zum ersten Mal spüren. Sie schluckte, doch ihre Stimme gehorchte ihr nicht.

Zane lächelte. „Ich werde mein Leben lang hier auf einem Knie warten, wenn du nicht ja sagst."

Sie nickte. Dann blickte sie auf und sah Max durch das Glas lächeln. Da kamen die Tränen, und auch ihre Stimme kehrte zurück. „Ja", sagte sie und sah Zane an. „Ich wollte das schon so lange."

Lachend nahm Zane sie in seine Arme und küsste

sie schließlich mit einer Leidenschaft, von der sie wusste, dass sie ein Leben lang halten würde … und einfach so war alles richtig auf der Welt – und die Ladentür flog auf.

„Heißt das also, dass ich mein Happy End bekomme?", fragte Max und stürzte sich auf sie.

Gleichzeitig hoben Zane und Rose jeweils einen Arm und ließen ihn in ihre Umarmung.

Zane sah Rose in die Augen und lächelte. „Was denkst du?", fragte er sie, seine Stimme war ein leises Grollen, das ihr Herz vor Vorfreude rasen ließ.

Sie fühlte sich, als würde sie vor Glück platzen, blickte von Zane zu Max und wusste, dass ihre Welt für immer vollkommen war. „Ich denke", sagte sie leise, „*Sie lebten glücklich bis ans Ende ihrer Tage*, klingt für mich nach dem perfekten Anfang."

„Süß!", kicherte Max. „Ihr macht weiter. Ich muss die Leute da draußen zu einer Hochzeit einladen", sagte er und ging. Er rannte zur Tür hinaus und rief der wartenden Menge die Neuigkeit zu.

Sofort brach allgemeiner Jubel und Klatschen aus. Zane schmunzelte an ihrer Schläfe. „Ich mag diesen Anfang."

Rose schmolz dahin. „Ich auch", seufzte sie glücklich. „Ich auch."

Weitere Bücher von Debra Clopton

Die Holden Brüder – Die Cowboys von Mule Hollow
Das Herz eines Cowboys
„Das Vertrauen eines Cowboys"
Die Wahre Liebe Eines Cowboys

Windswept Bay
Von Diesem Moment An
Irgendwo Mit Dir
Mit Diesem Kuss & Für Immer Und Ewig
Warten Auf Liebe
Mit Diesem Ring
Mit Diesem Versprechen
Mit Diesem Schwur
Mit Diesem Wunsch
Mit dieser Ewigkeit

Die Cowboys von Ransom Creek
Ihr Cowboy-Held (Vorgeschichte)
Braut zu mieten
Cooper
Shane
Vance
Drake
Brice

Über die Autorin

Die Bestseller-Autorin Debra Clopton hat bereits über 2,5 Millionen Bücher verkauft. Ihr Buch OPERATION: MARRIED BY CHRISTMAS soll sogar als ABC Familienfilm verfilmt werden. Debra ist bekannt für ihre modernen Westernromanzen, texanischen Cowboys und temperamentvollen Heldinnen. Romantik und eine Prise Humor werden immer miteinander verflochten, um den Leser zum Lächeln zu bringen. Als Texanerin in sechster Generation lebt sie mit ihrem Ehemann auf einer Ranch im Herzen von Texas und freut sich immer über Zuschriften von ihren Lesern.

Besuche Debras Website unter
debraclopton.com/deutsch

Melde dich für ihren Newsletter
www.subscribepage.com/KostenloseTexascowboyromantik

Triff sie auf Facebook unter
www.facebook.com/debra.clopton.5

Folge ihr auf Twitter unter @debraclopton

Kontaktiere sie unter debraclopton@ymail.com